まんぷく

〈料理〉時代小説傑作選

畠中 恵／坂井希久子／青木祐子
中島久枝／梶よう子／宮部みゆき
細谷正充 編

PHP
文芸文庫

○本表紙デザイン＋ロゴ＝川上成夫

まんぷく〈料理〉時代小説傑作選　目次

餡子（あんこ）は甘いか

畠中 恵

一

近在では名の知れた老舗菓子屋、安野屋の倉内には、緊張がみちみちていた。

薄暗がりの中、栄吉は一人必死の形相で箒を振りかざし、棚脇にいた男と対峙していたのだ。とにかく男に向かい、必死の思いで一喝した。

「手にしているものを置け！」

途端、男は素直に砂糖包みを足下に下ろした。だがしゃがんだ時、男は手近にあったすりこぎを摑み、身構えたではないか。

「あ、あのなぁ、そんなもので何する気だ？」

栄吉は半ば呆れて言ったが、己の得物だとて箒なのだからお互い様であった。睨み合いが続き、じりじりと間が詰まってくる。やがて素手で殴るか互いの得物を使うかしかない間合いにまでなってしまった。

「き、きえーっ」

「わーっ！」

気合いを籠めて声を上げた時、男が打ち掛かってくる。栄吉は咄嗟に、すりこぎを箒の柄ではじき飛ばした。飛んだ木の棒は倉の戸に当たって、辺りに響く音を立てた。

「こ、このやろーっ」

こちらからも必死に打って返したが、何しろ倉の中故、荷が多くある。踏み出した時、行李を蹴飛ばしてしまい、栄吉はうずくまった。途端、男に素手で頭を殴られ、うめき声を漏らす。何故だか「きょんわーっ」と奇妙な悲鳴まで聞こえた気がした。更に、次の拳固が襲いかかってくる。

「やめろっ」

「何事だ？　栄吉、どうかしたか？」

その時、倉の戸が開き店の主の声が聞こえた。男がびくりとして明かりの方を向いたとき、倉の戸棚が軋んで、そこにあった小さな行李が落ちた。男の顔を塞ぐ。

「あれ？」

栄吉は一瞬驚いたものの、機を逃さず箒を振り下ろす。箒の柄がごきりと、くぐもった音を立てた。

「かはっ」

短い声と共に、男が倒れる。

「やった……」

栄吉が肩を大きく上下させ息をつくと、倉の中が、ぎしぎしと笑うかのような音を立て軋んだ。

日本橋の北にある安野屋は、奥向きの使用人の他に、数人の職人と修業中の小僧達を抱える、大きな菓子司であった。

主である虎三郎は己でも菓子を作る。腕の良い職人上がりの主人というだけでなく、面倒見の良さでも知られている。菓子司三春屋の主人夫婦もその話を聞き、つてを辿って安野屋へ息子の栄吉を修業に出したのだ。

しかし居場所が変わったからといって、栄吉の腕が急に上がる訳ではない。菓子屋の跡取りであるにもかかわらず栄吉は今でも少しばかり……いや相当に、餡子を作るのが苦手であった。

（せっかく修業に来たんだから、早く上手くなりたいもんだ）

栄吉は知りたくもない己の噂を、十分に承知していた。町内の者達は、栄吉が父親の店で菓子作りを始めると、皆興味半分ながら、親切にも買いに来てくれた。だがいざ栄吉が作ったものを口にすると、どうして栄吉が菓子屋の子として生まれてきたのか、本気で首を傾げるのだ。

（俺には才が欠けているときた）

だが両親は、期待してくれている。だから修業して上手くなればいいのだ。親友で幼なじみでもある長崎屋の若だんな一太郎も、信じてくれている。だから大丈夫だ。何より栄吉は、菓子作りが好きであった。菓子職人の他に、なりたい仕事は無い。

だから、だから、だから！

（諦めたらその時、おしまいになる。己を疑うな。大丈夫だ）

栄吉は誰に何と言われようと、以前父が掛けてくれたこの言葉を信じているのだ。

（諦めていない俺は、まだ大丈夫なんだ。一生懸命頑張っているんだから、きっとその内上達するはずだ）

直ぐには上手くいかぬ事の一つや二つ、人は抱えているものだとも思う。途中で放り出してしまったら、何一つ成し遂げられないではないか。

（恵まれた生まれの一太郎にだって、頭痛の種はある。大店の跡取り息子に生まれたのはいいけど、半端でなく虚弱だもの）

友の一太郎は病弱で、家から目と鼻の先にある菓子司三春屋以外へは、ろくに買い物へも行かせてもらえない。あれでは先々、廻船問屋だけでなく薬種問屋も営んでいる長崎屋を背負っていくのは、大事に違いなかった。

だが一太郎は、後で寝込むことになると言われても店番をやりたがる。いずれ己が継ぐ店のことを、分かっておきたいと言って譲らないのだ。無理をするとてきめん、病にかかったりする。それでも治ると起きあがって、また店番に出て行く。

そんな一太郎が、余りにも律儀にこまめに死にかけることは、近在で有名な話であった。栄吉の菓子作りの腕がさっぱり上がらぬことと合わせ、通町界隈の二大不可思議と呼ぶ者がいるくらいだ。

「言いたい奴には言わせておけばいいや」

そう思って最初は年下の小僧達と一緒に雑用を引き受け真面目に働き続けていた栄吉は、じきに、下ごしらえや、餅で餡子を包む作業をさせてもらえるようになった。そして三日前、安野屋へ修業に来てから初めて、菓子を全部一人で作った。そろそろ店にも慣れてきた頃故、一度こしらえてみろと、菓子を作る板間では親方と呼ばれている店主の虎三郎に言われたからだ。

（よし、よし、頑張って作るぞ！）

嬉しかった。帳場にいた通い番頭の米造も、店表でわざわざ声をかけ、励ましてくれた。その上ちょうどその場に、米造の娘おくみが来ていて、笑いかけてくれたのだ。

おくみは丸っこい顔をした可愛い娘で、近所の長屋に住んでいるからか、稽古事の帰りになど、時々店に顔を見せる。笑うとひな菊の花みたいだと思う。

「あら、栄吉さんがお菓子を作るの？　出来たら一つ、頂きたいな」

「あのっ、良かったら幾つでも。そのっ」

おくみの言葉を聞いた途端、栄吉は体が急に軽くなった感じがした。不思議な事に、天井近くの梁にまで、己の身が昇っていきそうな気がしたのだ。そういう訳で栄吉は本当に、本当に張り切った。

八つを過ぎると、店奥の菓子作りをする板間が少し暇になったので、一太郎が贈ってくれた取っておきの砂糖を取りだし、栄吉はいよいよ菓子作りにかかった。勇んで作ったのは、一番手慣れた大福だ。

餡子もそれはそれは気を付けて、焦がさぬようにする。餅の大きさもきちんと揃え、十ばかりの大福を作った。

（なかなかに良い出来じゃないか）

さっそく器に載せ、まず三人に差し出す。親方と職人頭の大松、それに脚気で療養に出ている二番手の職人忠次の代わりとして、番頭米造に味見をしてもらうのだ。

（ど、どんなもんだろうか）

栄吉はしばし目を皿のようにして、三人の顔を見ていた。そして……じきに己の顔が、強ばってくるのを感じた。大福を食べた米造は、すぐに眉間に皺を寄せ、口を大きくへの字にしたのだ。

そして大松ときたら、一口食べた後、じろりと栄吉をねめつけてきた。懐に手を入れたと思ったら、取り出した手ぬぐいで、栄吉の頭をぱしりとはたいたのだ。

「小豆と砂糖がもったいねぇ」

きつい一言が付いていた。

「そ、そんな。そんな……」

「大松、止めねえか」

虎三郎が、直ぐに大松を止めてはくれた。だがこの時、誰のどんな一言より栄吉を落ち込ませたのは、この虎三郎の言葉であった。

菓子を口にした虎三郎は、顔を歪めるというか笑い出しそうになるというか、なかなか複雑な表情を浮かべ、こう言ったのだ。

「栄吉、お前の菓子作りの腕は、ようく分かった。何やら餡子作りが苦手だと噂に聞いちゃいたが……お前さんに美味い菓子を作らせるのは、こりゃあ大事らしいなあ」

虎三郎は、栄吉が菓子司三春屋の跡取り息子であり、何とか早く上達したがっていることは承知している。だが。

「焦ったって、菓子作りの腕が急に上がる訳じゃねぇ。そうだな?」

そして親方は栄吉を正面から見据えると、噛(か)んで含めるようにこう言った。

「いいかい栄吉、俺がいいと言うまで、お前は餡子を作っちゃいけねえ。ちょいと菓子作りを休んでみな。まず先輩達がどうやって菓子を作っているかしっかり見て、こつを覚えろ。分かったな」

咄嗟に栄吉は目を盆に落とし、返事が出来ないまま、残った大福を見つめた。

（菓子を作るなって？　……そこまで酷(ひど)い味だったんだろうか）

己は菓子を作る為(ため)に、安野屋へ来ているのだ。なのにどうして、修業をしてはいけないのだろう。いつまで駄目なのかとか、餡子以外ならいいのかとか、色々聞き返したい言葉が頭の中に浮かんできた。

だがその内、頭の中がごちゃごちゃになって、栄吉は己の顔が、赤くなってくるのを感じた。おくみの笑顔がちらりと思い浮かんで、消える。

（こんなことを言われた大福じゃ、おくみさんにゃ、味見なんてしてもらえない）

目の前の大福は、三人の者に、不味(まず)いと言われたのだ。三人に、であった。

「……はい、分かりました」

そう言うことしか出来なかった。おくみがせっかく食べてみてくれると言ったのに、情けなくて涙が出そうであった。

栄吉は三人の前から菓子を下げたが、他の者に食べてくれとは言えず、さりとて全部、己一人では食べられない。大福をしまっておく場所にも困り、とりあえず倉の内へ置いておいた。

すると鼠（ねずみ）にでも食べられたのか、しばしの後、大福は皿から消えていた。

二

虎三郎に餡子を作るなと言い渡されてから、栄吉は小僧のように雑用をこなすことが増えていった。今日も溜息（ためいき）をつきつつ、倉内で竹の皮を束ねていたとき、番頭から声が掛かる。

「おい栄吉、氷砂糖と太白（たいはく）が届いたから、倉へ入れておいてくれ」

「はい」

立ち上がり、砂糖を取りに向かう。

まともに菓子を作れないのだから、雑用を引き受けることは仕方がないと思う。だが倉の戸を開けつつ、こんな仕事ばかりしていたのでは菓子作りがちっとも上達しないとも思ってしまう。焦る気持ちが湧（わ）いてくる。情けなくて顔がつい下を向く。

（第一、何かみっともないよなぁ）

目を、皆が菓子をこしらえている板間へ向けてから、大八車から砂糖の袋を持ち上げる。すると、今日はやけに重く感じられた。

（俺はいつか、一人前の職人になれるのかな）

ふと、そう思った。親が必死につてを探し、修業先を見つけてくれたのに、栄吉はこのざまなのだ。

「ええい、余分なことを考えてる暇はない」

いつまでも、倉の戸を開けっ放しにしておく訳にはいかないではないか。栄吉は砂糖をせっせと倉へと運び込んだ。そして棚へ積み上げようとした時、ふと首を傾げる。

（あれ……？）

棚には色々な種類の砂糖が並んでおり、前回黒砂糖を運び入れたとき、栄吉はそれを見やすく取り出しやすいよう並べ替えておいた。きっちり置き場を決めたのだ。

その並びが、どういう訳か乱れていた。

（小僧さんが倉に来て入れ替えたのかな？　そういや、妙に沢山の砂糖が減ってるね）

餡子作りの腕は無いが、栄吉は数の計算や、倉の整理整頓、人との交渉などは得意であった。長崎屋の若だんな一太郎をして、栄吉なら立派な大店の奉公人になれたのにと言わしめた力があるのだ。

さっと倉内を見回すと、端で何かが一寸(ちょっと)動く。倉に巣くう鼠(ねずみ)か猫かとも思ったが、鳴き声はしない。栄吉は口元を歪めた。

(安野屋は菓子屋だ。廻船問屋長崎屋みたいに、高直(こうじき)な品物が倉に溢(あふ)れてる訳じゃない)

だが、安野屋は菓子の材料には気を配っていた。今運んでいる砂糖だとて、讃岐(さぬき)の上物(じょうもの)で高価な品なのだ。それにもうすぐ、店のお得意様が発句(ほっく)の会を開く。その時出す菓子を請け負っている故に、倉にはいつもより高級な品が多く積んであった。

栄吉は顔を一層引き締めると、一旦(いったん)倉から出る事にした。その途中、隅に立てかけてあった箒(ほうき)を手に取る。戸口で身を屈(かが)め、そうっと倉の内を覗(のぞ)き込んだ。

息を殺してしばし。じっとしていると案の定というか、奥の棚の辺りで動く影があった。ずるりと引きずるような音が、微(かす)かに聞こえてくる。

(どでかい鼠がいるみたいだの)

目を凝(こ)らすと上物の砂糖が、棚から一袋、また一袋と下ろされて行くではないか。栄吉は箒を摑(つか)んでいた手に力を込めると、静かにまた倉の内へ入り込んだ。

「いやあ驚いた。箒の柄で殴られて、気絶をする盗人がいるんだねえ」

安野屋の店奥、土間の真ん中に、若い男が店の奉公人達に腕を摑まれ、引き据えられていた。主の虎三郎が土間脇に腰を掛け、苦笑を浮かべてその顔を見下ろしている。男は、菓子屋へ砂糖を盗みに入ったあげく、栄吉に箒で伸されてしまった盗人であった。

「あのぉ、済みません」

盗人は深く頭を下げ、意外なほどにあっさりと謝ると、八助だと名乗った。

「実はその、安野屋さんに上物の砂糖が一杯あると知ったんで、つい出来心で盗みに入りました」

その八助の言葉を聞き、虎三郎が片眉を上げる。確かに今安野屋は何時に無い程、高直な砂糖を集めていた。

「おや、誰がお前さんに、そんな話をしたのかな」

尋ねると八助は首を振り、誰からもそんなことは聞いていないと言った。だが八助には安野屋の倉内のものを、推察出来る機会があったのだ。

「あっしは発句の師匠の、弟子にあたるお人の家で下男をしております。良いご主人でね、客人が残された上等な菓子を、たまに下さったりするんですよ」

その時主人が、その美味い菓子を作った店の名を、八助に教えてくれたのだ。安野屋といい、主人の師匠が開く次の発句の会で、菓子を出すことに決まった店だという。

「発句の会は、札差しなど弟子筋の金持ちが集う、盛大な会になるんだそうで」

よってそこで出される菓子も、それは上等な品が揃うという。

「あっしが食べた菓子には和三盆が使ってあって、確かに高直な品だと思いました。でね、こういういい和三盆を使う店には、他にも吟味された上等な砂糖が、置いてある筈だと見当をつけたんですよ」

盛大な発句の会は来月だが、菓子屋は日持ちのする菓子の材料を早めに仕入れるに違いない。つまり今安野屋には、大量の砂糖が置いてある筈なのだ。おまけに安野屋は菓子屋故、札差しや両替屋のように、用心棒を雇ったりはしていないとも思った。

「つまりその、安野屋さんならこっそり倉へ入り込める。そしてがっぽりと儲かるかなぁなんて、思っちまいまして」

てへへと言い、八助が申し訳無さそうに笑う。八助は利口なことに、荷を店に運び込む人の出入りの多い時を狙い、倉へと紛れ込んできたのだ。

ところが。

「砂糖の袋が存外に重く、一人じゃ素早く運び出せませんでね。手間どってたとき、そこなお人に見つかって、ぽかりと叩かれちまいました」

舌を出す八助の顔には、盗人とも思えぬ何とも気の抜けるような愛嬌があって、周りにいる職人達が苦笑を浮かべている。

「なるほど。そういうことだったのかい」

虎三郎も大して怒った様子とてなく、頷きつつ、しばし八助を見ていた。

いや、それだけではない。何を思ったのか、虎三郎は番頭に言いつけ、店の菓子を幾つか盆に載せ持ってこさせたのだ。

（へっ？　何で今、菓子なんか）

栄吉が目を丸くしていると、虎三郎は菊水羊羹、紅白の打ち物、白い表の饅頭、円形の最中を盛った盆を、八助の眼前に置いた。そして、こう言い出したのだ。

「八助とやら。お前さんは菓子を食べただけで、使ってある砂糖が、和三盆だと分かったと言ったな」

いつも砂糖の種類が分かるのかと聞かれ、土間に座り込んだ八助は、「へえ、まあ」と言い、頭を掻く。

「あっしは今でこそ下男ですがねえ。生まれた時、家は商いをしてまして。そこそこ良い暮らしぶりでしたよ」

親が菓子が好きであった為、よく商売相手から上等の品を貰ったという。八助は菓子のうんちくを聞いて育ったのだ。

「親は早く死に、店も人手に渡りました。ですが昔食べたものの味は、覚えてるもんですね」

「そうか。ではこいつをやろう」

虎三郎はにやっと笑うと、八助に盆を示し食べろと言う。思わぬことに、栄吉が声を上げる。

「えっ、盗人に菓子を食べさせるんで？」

「食べたら、どの菓子にどんな砂糖が使ってあるか、当ててみなさい」

「あの、こんな時に当てもの遊びをするんですか？」

当の八助も、この扱いには驚いた様子だ。だが虎三郎は言葉を翻したりしなかった。

「そうだ。上手いこと皆当てられたら、今回倉に盗みに入ったことは見逃してやろう」

「そんなら、頑張ります」

八助に否応はなく、栄吉は呆然とその様子を見ていた。八助はまず饅頭をぱくりとやって、直ぐに大きく笑みを浮かべた。

「この砂糖は上物の太白ですね。いや、小豆もなかなかに良い味だ。皮にはとろが入れてあるかな」

　次に口にしたのは最中だ。

「こいつの餡には太白と……水飴が入ってますかね。相州浦賀のものかもねえ」

「ほーお」

　落雁には和三盆が使ってあると言い、柚子の香がすると言い添えた。最後の一品、羊羹に入った砂糖は、唐物だと言い切った。

「いや、上物だ」

　そう言うと、八助はその羊羹を美味しそうに、むしゃむしゃと食べてしまった。小僧達がそれを羨ましげな目で見ている。虎三郎はここで水を差し出すと、満足げな顔付きの八助に、また妙な質問をした。

「八助、お前さん今幾つだ？」

「へい、今十七になります」

（へえ、思いの外若いな）

　八助は栄吉よりも歳をくって見えるのに、親友の一太郎より年下であるらしい。

　意外と若かった盗人のことを、主の虎三郎はまたしばし、じっと見つめた。そして直に八助の目の前にしゃがみこんだ。

「砂糖のこと、本当にちゃんと分かったな。答えは全部合っていた」

「おや、大当りですね。やった！」

これで家に帰れると、八助は口を三日月のように曲げ嬉しそうに笑った。すると虎三郎も、笑みを浮かべつつ言う。

「八助、お前さんはこれからどうするね」

菓子に使った砂糖を当てたのだから、約束した通り、岡っ引きを呼ぶようなことはしない。だが安野屋はこのことを、得意先である発句の師匠に、黙っている訳にはいかないのだ。師匠の弟子から仕入れた噂話を元に、菓子屋へ盗みに入ったと分かったら、師匠にまで迷惑が掛かるだろう。

虎三郎の言葉を聞き、八助は情けないような表情を作った。

「そうですか、そいつは仕方のないことで」

しかし、それでは元の通りに下男でいることは難しい。さてどうやって食っていこうかと、八助は暢気にも聞こえる口ぶりで話し、頭を掻いている。

そのあっけらかんとした素振りを見て、栄吉はあきれて口元をひん曲げた。八助には、今、盗みをして捕まったばかりだという感じが、微塵もしなかったのだ。

(何だか、危なっかしい男だねえ)

するとここで虎三郎が、八助へ思わぬ事を言い出した。

「お前さんはまだ若い。他で下男を続けるのもいいが、それでは先の楽しみがあるまいよ。八助は、味の分かる舌を持っているようだ。どうだい、安野屋へ奉公に来ないか」

「へ？」

「はっ？」

「きゅわっ？」

途端、土間の内から様々な声が上がる。それは、『盗人なぞ店に入れて大丈夫なのですか』という声にも思えたし、『酔狂なことを』とも聞こえた。皆が驚いて動いたせいか、妙に柱が軋む。

「旦那様、本気ですか？」

この時、正面から主に聞いたのは番頭の米造であった。米造は、職人気質故に算盤を放り出し、菓子を作ってばかりいる主人を補い、店を支えている柱だ。だから、はっきりとものを言う。虎三郎はしっかり者の番頭の言葉を、風にそよぐ柳のごとく、やんわりと受け流した。

「だってさぁ、米造。八助の舌は、なかなか使えそうじゃないか。真面目に修業したら、良い職人になれるかもしれないよ」

つまり虎三郎は、八助の資質を気に入ったのだ。盗人のなり損ないだと知っていても、店に置きたいと思うほど、菓子職人に向いていると思ったのだ。

栄吉は己の視線が、段々と足下の方へと落ちて行くのを知った。つてを頼り無理に願って安野屋へ置いてもらったのに、菓子が作れない己と、盗みに入ったのに、弟子にと声を掛けられた八助を、咄嗟に比べていた。情けない考え方だとは思う。

だが……だが。

その時、八助の明るい声が聞こえた。

「下男が駄目なら、何かで食っていかなきゃぁいけない。こちらに置いて貰えるなら、そいつはありがてぇ話で」

虎三郎が我が意を得たりと頷く。かくて、箒とすりこぎを振り回して争った栄吉と八助は、兄弟弟子ということになった。

三

安野屋に入った八助の面倒は、何と栄吉がみることになった。

「人に教えれば半人前のお前さんも、そのことをもう一度覚えることになる。八助に一通りのことを伝えてやんな」

主にそう言われたのだから仕方がない。栄吉はいささか渋々、八助へ教え始めたのだが、直ぐに呆然とすることとなった。何しろ八助ときたら、栄吉があれこれ伝える前に、かなりのところ仕事を分かっていたのだ。

「まず安野屋にいる皆の名前だが」

栄吉が店奥の土間で、とりあえずそこから教えようとすると、八助はにやりと笑った。

「ああ、承知してます。虎三郎旦那様、それに番頭の米造さん、手代の杉造さん、職人方は、大松さん、忠次さん、正さん、吉さん、高さん、梅さん、竹さん」

下男と女中達の名まで口にしたところをみると、八助は奥で働く者達と早々に仲良くなり、色々教えて貰ったようであった。

「こりゃあ俺が教えることなんか、あんまり無いみたいだなぁ」

あきれ顔で言うと、八助はあっけらかんと笑い、そうだねと頷く。それを人なつこいと取るか、いささか図々しいと感じるか、人によって違うというところだろう。

栄吉はどうかというと、八助の軽く世を渡って行けそうな感じが、羨ましいと思った。己には出来ない生きようであった。これからも、多分無理だと思える軽やかさであった。

「八助は器用でいいなぁ」

　次は倉へと向かいつつ、栄吉は思わずぼそりとつぶやく。すると八助が、何とも奇妙な顔付きをした。じきに隣で口元を歪（ゆが）め、少しばかり皮肉っぽく言ってくる。

「盗人（ぬすっと）をやってたあっしを、羨むんですか？　まあ器用じゃありますがね。不器用じゃ盗人は、あっと言う間に捕まっちまいますから」

　そうと言われて栄吉は、はっと気が付いた。八助の処世の上手さと盗人稼業（かぎょう）とは、関連がありそうなのだ。

（人当たりが悪くて、いかにも怪しげじゃ、早々に目を付けられちまうもんな）

　つまり盗人の八助は、人に溶け込み、ぶつからぬ者でなければならなかったのだ。そして子供の頃に口にした砂糖の味を、今でも忘れずにいる程物覚えが良い。そのこともまた盗人稼業には向いている。狙った品物のことを、記憶に留めておけるからだ。

　だがここまで考えたとき、栄吉は少し顔を赤くし、首を振って隣の男を見た。

「八助はもう、盗みを止（や）めたんだ。気働きが出来るのはいいことなんだ」

　身に付いたものがあるなら、それを上手く使えばいい。栄吉はそう言ってから、倉にある棚のどこに、どの砂糖を置くかを説明しはじめる。後ろに立った八助は、ちょいと首を傾（かし）げた後、何か嬉しげな様子でその言葉を聞いていた。栄吉はここで柱に掛かった、大福帳のような帳面を指さす。

「倉には笊や椀なども入れてある。倉から何か持ち出す時は、持っていく者が己でこの帳面に、減らした数を書き留める決まりだよ。それを、倉の鍵を預かった者が確認をする。品を切らさないためだ」

それは栄吉が来てから、番頭に進言して取り入れたやり方だ。実は長崎屋で行っていることを真似たのだ。

「小豆や粉は、砂糖の棚の右奥にあるんですね。竹の皮は、その隣と」

八助はそう言ってから、確かめるように大きな粉の袋を動かす。すると、きゅいきゅいと梁が軋んで、まるで誰かが笑いつつ小声で話でもしているように聞こえた。

その様子を目にしながら、栄吉はふとまた、小さな溜息を漏らす。

(この分じゃ、何年もしないうちに弟子として、八助に追い抜かれちまうかもしれない)

小さいとはいえ菓子屋に生まれ、随分と前から菓子作りを習っていたというのに、それでは情けない。

「俺ももっと、頑張らなきゃな」

掃除道具のしまい場所を指し示しつつ、栄吉がぼそりとつぶやく。すると、何故だか梁がまた笑うように軋んだ。

八助が安野屋に現れてからしばしの後。良く晴れた日の昼過ぎ、久しぶりに長崎屋の若だんな一太郎が手代の佐助を連れて安野屋へ姿を見せた。若だんなの兄やでもある手代は限りなく心配性で、常に若だんなと共にいるのだ。

「一昨日まで、また臥せっていたんだ。それで暫く来られなかった」

若だんなは今日も、栄吉が菓子を作る練習の為にと、砂糖を持参してくれていた。

「今日のは、そりゃ上等な太白だよ」

そう言って差し出された包みを、栄吉はありがたく手にする。だがさすがに店表で、友に菓子作りを禁止されているとは口に出来なかった。

栄吉は礼を言い、番頭の米造から許しを貰って、その砂糖を倉へ置きたいと乞うた。仕事の途中だと言って、早々に店奥へ消えようとしたのだ。

だが栄吉が奥へと向かうと、心配そうな顔をした若だんなが、後をついてきてしまう。砂糖を扱う薬種問屋の跡取りである故か、米造は若だんなと佐助が奥へ入るのを、止めなかった。

そして若だんなは、店奥の栄吉の後ろから妙なことを語り出した。

「栄吉、私には時々見る夢があるんだよ」

その夢の中には、お江戸にいると言われている妖が出てくるのだという。鳴家と呼ばれている、家を軋ませる妖で、夢の中では若だんなの友なのだ。きゅわきゅわと鳴く小鬼の妖は、勿論安野屋にも巣くっている。

「本当にいるらしいよ、鳴家って。多分さっき、この店が軋んだのもそうだね。私の友だから、きっと栄吉のことも気に入っているよ」

そして夢の中の鳴家達は安野屋で、栄吉が作り倉に置いた大福を食べてしまったのだ。

「ところがだ。夢内の栄吉は怒らなかった」

大事な菓子を食べられて、どうして栄吉は腹を立てなかったのか。若だんなは妙に心配となり、寝込みつつも、気になっていた。それで今日安野屋へやってきたのだ。

「おい、そりゃ夢のことだろうに」

何だかひやりとして手の内の砂糖を見た後、栄吉は不意に歩みを止めた。店奥を庭に抜けた先、目の先に現れた倉の前に、三人の姿があったのだ。妖の話は、栄吉の頭の内から消えてしまった。

「おや……誰だろう?」

一人は八助で、その横にいるのは、今日も店に寄ったらしいおくみだ。だがもう一人は、見知らぬ顔であった。そんな者が店奥にいることに栄吉は驚き、目を見張る。男は、少々きつい顔立ちではあるが、役者のように見栄えが良い。その男に、おくみが笑みを向けていた。栄吉は何故だか、顔が赤くなってきた。

この時佐助が横でにっと笑って、佐助が横でにっと笑って、小声で若だんなに、前にいる八助とおくみの素性を説明し始めた。佐助は誰に聞いたのか、八助が以前何をしていた男なのか、よく承知しているようであった。

だがその佐助も、目の前の、三人目の男のことは知らぬらしい。見たことのない派手な顔立ち故、出入りの商人だとも思えなかった。

ここで八助が栄吉達に気づき、笑って頭を下げる。そして連れの若い男のことを、友の彦丸だと紹介してきた。

「八助の、友？」

栄吉は思わず僅かに眉根を寄せた。一体、いつの、どういう付き合いの友なのだろう。八助は……以前盗人をやっていたのだ。

（いやまさか、盗人を店の内に、連れ込んだ訳じゃないだろうけど）

八助は今や、先々を期待されている、堅気の奉公人なのだから。だが彦丸がただの友だったとしても、新米が知り人を店奥に入れ、昼間から談笑しているというのは、感心できた事では無かった。

一応八助の面倒をみるよう命じられている栄吉は、早く仕事に戻るよう言う。するとここで、おくみに謝られてしまった。

「あの、八助を訪ねてきた彦丸さんに、あたしがお仕事の話を、色々聞きたいって言ったの。だから店の邪魔にならないよう、奥へ来てもらったのよ」

彦丸は宮地芝居をしているのだと言い、おくみは光りを含んだような目を、その顔に向けている。

「おくみさん、でも……」

栄吉はそう言いかけて、黙った。おくみは番頭米造の娘故、強いことは言えない。それに栄吉の友である若だんな達も今、奥まで入ってきているではないか。

するとここで彦丸が、ひょいと片眉を上げ、栄吉に絡むような物言いをし始めた。

「おや、この兄さん、俺の事が気にくわないみたいだねえ。なんだい、そっちにも奉公人じゃない連れがいるじゃないか」

なのにどうして己ばかりそんな目で見るのかと、彦丸は嫌みっぽく栄吉に言う。

ここで八助が口を挟んだ。

「よしなよ彦丸。栄吉さんはあっしの兄弟子なんだからさ」

「兄弟子？　噂は聞いてるよぉ。栄吉って奴は菓子屋の息子のくせに、餡子もまともに作れないんだってねぇ。そんな奴が兄弟子?」

どういうつもりなのか、彦丸は栄吉を挑発するような言葉を繰り出してくる。栄吉はぐっと堪(こら)えたが、いつになくその言葉が、肌に突き刺さるようで痛かった。

(どうしたって言うんだ? 菓子作りが下手だなんて、今までだって山のように、言われてきたことじゃないか)

何故今日に限って、いつもの言葉が、こんなに腹立たしく感じられるのか。彦丸を殴ってやったらすっとするのにと、そんな考えさえ、浮かぶのであろうか。

(何故かって)

もし栄吉が彦丸に殴りかかったら、おくみがどちらの味方をするか、ようく分かる気がするからだ。そして八助も彦丸を庇(かば)うだろうと、そう確信できるからであった。その考えが栄吉にのし掛かる。

(俺は……おくみさんを好いているのかな)

生まれて初めての思いに、栄吉は思わず顔が熱くなるのを感じた。だが直(す)ぐに頭が下を向く。気が付いた時、栄吉は既(すで)に振られてしまっているらしいからだ。おくみの視線は今、彦丸に向いているのだから。

(やれ、何てこった)

大きな溜息がこぼれ出る。すると他にも情けないような思いが、次々と浮かんできてしまう。

先日、決死の思いで大福を作ったのに、ろくに食べて貰えなかった。そして菓子作りの修業を、虎三郎に止められている。それに……それに、どう考えても八助の方が、将来を嘱望されている気がする事など、考えたくも無い事実ばかりだ。

「ふふんっ」

この時彦丸が、下を向く栄吉の方をちらりと見て、鼻先で笑った。いかにも人を小馬鹿にしたような、笑い方であった。

（何だよ、おくみさんの目の前で、見下したように笑うのか）

栄吉は顔から血が引くのが分かった。思わず考えも無しに突っかかろうとしたとき、心配げな若だんなの声が聞こえてくる。

「お止めよ栄吉。どうしたんだい、全く」

その声はちゃんと耳に届いてはいたのに、それでも手が、足が動くのを止められなかった。栄吉は、珍しくも若だんなの言葉を無視して、目の前の彦丸の襟元を摑んでいた。

それを見た若だんなが、兄やに泣きついている。

「ああ、喧嘩になっちまう。ねえ佐助、早く止めておくれな」

だが長崎屋の手代の心配は、常にいつも徹底的に、若だんなに向けられている。

「若だんな、絶対に喧嘩に参戦してはいけませんよ。この佐助が守っていますので、ここで静かにしていて下さいね」

「だからさ、ついでに栄吉も守っちゃくれないかい？」

「他の人を守っていては、若だんなをお守りすることが、出来ないじゃないですか。駄目です」

佐助は栄吉に、とんと興味が無いようで都合が良かった。正面から彦丸と睨みあう。何を思っているのか、八助は栄吉を止めるでも彦丸を諫めるでもなく、腕を組んで見ている。

その時、おくみが心配をして袖を引いた。そしてそれは彦丸の、派手な着物の袖であった。彦丸が栄吉を見て、にたりと得意げに笑う。栄吉の拳が握りしめられた。

びくりとして若だんなが大きな声を出す。

「佐助ってば、何とかしておくれよ。目の前で殴り合いがあったら、私は具合が悪くなっちまうからっ」

その一言で、佐助は口をへの字にした。

「そいつは大事で。若だんな、つまりはこの喧嘩を止めればいいんですね？」

その言葉が聞こえたとたん、佐助は風のように素早く、栄吉の側に来ていた。

「えっ?」思わずその顔を見たその時、栄吉は突然頭をぽかりと殴られていた。

「ひええっ、栄吉っ」

若だんなの悲鳴が、何故だか遠くに聞こえる。目の前が暗くなっていた。

四

気が付いた時には、彦丸は既に姿を消していた。

栄吉が寝かされていたのは、安野屋の店奥にある、土間脇の六畳であった。目を開けると、若だんなの、心底ほっとしたような表情が見えた。

直ぐに若だんなが佐助へ、謝るように言う。佐助は頭を下げると、あっけらかんと言った。

「いや三対一だったんでね。栄吉さん一人を黙らせた方が、早く収まる気がしたんでさ」

「佐助っ」

若だんなが怒った顔付きで、ぺしりと佐助の手を叩くと、佐助はどうしてそんなことをされるのか分からないという顔をして、若だんなを見ている。体を起こすと痛い所は無かったが、額に瘤が出来ていた。

土間にいた八助とおくみが、謝ってくる。

「いや、俺の言いようが悪かったんだ」

栄吉が慌(あわ)てて手を振ると、横に座っていた虎三郎が頷(うなず)いている。

「やれ、大したことが無かったみたいで、良かったな」

虎三郎はにっと笑うと、栄吉に体の具合を確認してくる。もう大丈夫だから働くと言うと、満足そうな顔をした。

「実はさっき、発句の会の方々がみえて、菓子の味見を兼ね、内々で一席設けることに決まった。これから菓子作りが忙しくなる。栄吉も八助も、菓子作りを手伝ってもらうからな。寝ている暇は無いぞ」

虎三郎によると、内々の会といってもかなりの人数が集まる上に、土産(みやげ)の品も必要だとのことだ。安野屋は一層沢山の菓子を作らなければならないのだ。

その言葉を聞き、栄吉が飛び跳ねるようにして布団(ふとん)の上に座り込んだ。

「あの、俺も板間で作るのを手伝って、いいんですか？　また菓子を作ってもいいんですか？」

「ああ、忠次が店を離れているし、手が足りねえ。久しぶりだろう、がんばんなよ」

「はいっ」

本当に随分と久々の、嬉しい知らせであった。急に元気になった栄吉を見て、安心した顔になった若だんなの横で、栄吉はそそくさと布団を畳む。若だんなが嬉しげに言った。

「とにかく何でもなくて良かった。今日はこれでおいとまするね」

これで栄吉はまた菓子を作れる。良かったと若だんなが笑う。栄吉はここで、少しばかり首を傾げた。

「一太郎、お前さん俺が菓子作りを止められていたことを、知ってたのかい？　一体どうして？」

恥ずかしくて口にできなかった事であった。栄吉が気を失っている間に、誰かが喋ったのだろうか。

すると若だんなは軋んでいる天井近くの梁に目をやった後で、ちょいとうろたえたように言った。

「あれ、誰かから聞いたような気が……」

若だんなはそう言って笑っている。栄吉は片眉を上げたが、まあ、些末なことであった。

「ま、いいや。とにかく菓子を作れるんだ」

栄吉は今、つい笑い顔になってしまう程機嫌が良いのだ。若だんなが帰った後、久々に板間へ入ると捏ね鉢を渡された。すると、横に八助がやってきた。

「栄吉さん、本当にもういいんですか？　妙なことになって済みません」

そういう八助も、大きな木鉢を手にしている。発句の会用の菓子は皆で作る故、新米の八助が餡を作ったり、味や形を決めたりすることは無い。だが安野屋に入ってまだ日が浅いのに、今回の菓子作りに加えて貰えたというのは大したことであった。

「とにかく、一緒に作業が出来て嬉しいよ」

栄吉が笑って言う。すると八助が、すっと顔を耳元へ近づけてきた。

「さっきも同じ事を、梅さんに言われました。つまりこの板間に入って作業をするのは、目出度いことなんだろうけど」

でもと、八助は小さく舌を出した。栄吉や八助がやるのは、餅で餡を包むとか、餅の中央にくちなしで染めた黄色い餡を載せるとか、単純な作業ばかりの筈なのだ。

「己で一つの菓子を作り上げるなんてえことは、職人頭にでもならねえと、無理なんでしょうねえ」

お前には才があるなどという言葉に浮かれていたが、実際働くとなると仕事は甘くはない。半月も菓子屋の毎日を見ていると、その先の一月、半年、一年先の毎日が、手に取るように分かってくると八助は言う。

「例えばこの先しばらく、あっしらは毎日餡を包むことになります」

　少なくとも一年や二年や三年は、似た日々なのだろうかと、八助がぼそりと口にした。

「凄いな、毎日同じだ。ここの板間じゃ毎日、毎日毎日、昨日と変わらないときた」

「俺は早く、餡を包むことくらい、栄吉に任せられると言って貰いてえよ」

「栄吉さんは、真面目だなあ」

　八助が笑う。栄吉はその笑みを見て、少しばかり首を傾げた。

「何か引っかかってるのかい？　八助、俺にはお前さんの才が、大層羨ましいがね」

「でもねえ、菓子に入った砂糖のことくらい、旦那様も職人頭の大松さんも、おんなじように分かるみたいなんですよ」

「そりゃあ、この安野屋で職人をまとめているお人達なんだから」

　栄吉がそう言うと、八助は何となくつまらなそうな顔付きを、餅を蒸している竈へ向けた。三つ並んだ土間の竈からは湯気が上がり、戸口からの光りを受け白く渦巻いている。

今日栄吉達は、餅菓子の担当であった。横では正と吉が大松の下で、寒天を使った菓子をこしらえており、高がそちらを助けている。

その時、土間で虎三郎の大きな声がした。直ぐに蒸し上がった餅が、火から下ろされる。柔らかな匂いが辺りを包んだ。熱いのを苦にもしない様子で、虎三郎が餅を台に取り出し、器用に大きく切り分けてゆく。

それを木鉢に受け取った栄吉達が、更に小さく切り分けて伸ばすのだ。それから虎三郎がこしらえた安野屋特製の餡子を、伸ばした餅で包んでいく。

「栄吉、大きさをきちんと揃えろよ。餅の厚さも、まちまちにするんじゃねえぞ」

「はいっ」

虎三郎の注意を聞き、必死に気を配って餅を伸ばしていると、隣で八助が軽々と餅を広げ、あっと言う間に美味そうな和菓子に仕立ててゆく。

栄吉は一つ大きく息を吸ってから、もう一度目の前の餅に気を集め、一生懸命丁寧にこしらえていった。

五

三日の後、栄吉は久方ぶりに、薬種問屋長崎屋へ顔を出した。

離れに通された栄吉は、若だんなが栄吉へ贈った砂糖を持ってきていた。使わなくなったので返すと言うと、若だんなが茶を出しつつ、こちらの顔を覗き込んできた。

「せっかく菓子作りを許されたのに、どうしたんだ。それとも栄吉、最近煎餅を作ることにでも、凝ってるのかい？」

若だんなの問いを聞き、栄吉は畳の縁に目を落とす。友へ、言わなくてはいけないことがあった。

「実は俺……今、菓子は作ってないんだ」

茶饅頭を木鉢に盛って、離れに入ってきた手代の仁吉が、すいと片眉を上げた。だが黙ってそのまま、菓子を若だんなの前に置く。その時何故だか、部屋が軋むような音を立てた。

若だんなは饅頭を食べもせず、心配げに栄吉の顔を見てくる。栄吉は言葉を探したが、言い訳が見つからない。幼い頃より良く知っている相手に、隠し事をするのは難しい。結局溜息をつき、言いにくい事を告白することとなった。

「俺は作業場から外されてしまったんだ」

栄吉が再び菓子作りに加わってから、まだ何日も経っていなかった。そんな時。

「旦那さま、長いことご心配をおかけしました」

そういう言葉と共に安野屋に現れた、旅姿の男がいたのだ。

「おお、忠次！　なんだ、戻るのは春になってからだと思っていたが」

忠次と呼ばれた男は、嬉しげな顔を虎三郎に向けると、もう良くなったと言い、桶の水で足を洗っている。安野屋に来て日の浅い栄吉や八助は忠次の顔を知らなかったが、他の奉公人達は仕事の手を止め、代わる代わる忠次に挨拶をしてきた。明るい声が飛び交う。

そして。

翌日になると忠次は当然のように、板間で菓子作りを始めた。それだけでなく小僧達へ菓子作りを指導する者の一人として、職人頭の大松に次ぐ立場に立ったのだ。

「忠次さんは、長年この店で働いていたが、脚気を治す為、暫く田舎にいたんだよ。あの人の作る有平糖は見事だよ」

朝、竈の脇で栄吉にそう教えてくれたのは、米造であった。そして米造は言葉を続けた。

「それでな、栄吉。当然のことだが、忠次さんはこの度の、発句の会の菓子も作ることになる」

忠次はことに、宴席を飾るような華やかな菓子を得意としているらしい。そして人数が増えると板間が手狭になる。

「今回は作る菓子が多いから、場所が必要なんだよ。だからな、栄吉」

米造がいつになく優しい声で、噛んで含めるように言った。

「今回の菓子作りからは、お前さん、外れておくれ」

「えっ……」

栄吉は土間で木鉢を抱えたまま、立ちつくすしかなかった。

「店は今、本当に忙しいんだ。店表で売る菓子の他に、まず作り置きのきく飾り菓子から作ってるからな。暮れてからも作業場を使っていてね」

だから当分、栄吉は菓子作りを練習することすら出来ない。それで砂糖を返しに来たのだと、栄吉は話をくくった。

すると若だんなが半眼になって栄吉を見てくる。だが言いづらいようで、なかなか口を開かない。しかし若だんなの隣に座っていた仁吉は平気で、あっさりと栄吉に問うてきた。

「栄吉さんが今、菓子作りが出来ないのは分かりました。だけどだからって、何で砂糖を返すんです？　そいつはそりゃあ、日持ちのする品物なんですよ」

発句の会は大がかりに行うというから、開かれるまでに、まだ何日かあるのだろう。だが、それでも半年も先のことではあるまい。終わればまた、板間で練習が出来る。

「つまり栄吉さんの言うことは、何か妙なんですよねえ」

その指摘に、栄吉が思わず下を向く。若だんなが静かに聞いた。

「ねえ、言っておくれな。砂糖を返してどうするんだい」

遂に……栄吉は白状することになった。

「つまり俺は今、というか、もう、というか……菓子を作り続ける気力が出ないんだ」

いや、それだけでは無かった。

「そのね、不意に思ったんだ。今なら俺、菓子作りを止められるかもしれないって。いや考えたら、昨日も今日も、全く作っちゃいないんだよ」

なのに、何とかして作りたいという気持ちが湧いてこない。砂糖を若だんなに返し、己で練習するのを止めてしまったら、今度は何時菓子を作ることになるのか知れたものではない。今、菓子を作る板間に、入る事すら許されていないからだ。店の職人から、栄吉が菓子を作ったら砂糖が勿体ないと、言われたからだ。

だから。

「ふっと、思ったんだ。俺はいい加減、先々を思案した方がいいんじゃないかって」

常に他の者達から言われてきたことであった。今ならまだ、何か食べていけるだけの仕事を、身につけられるかもしれない。いや、早く仕事を替えないと、そういうものを一つも習得できぬままに歳をくってしまう。

「俺はその事の方が怖くなってきてるんだ」

言葉を吐き出して黙った。若だんなが眉根を寄せたまま、湯飲みを手に取る。

「急な話だね、どうしてだい？　栄吉は今までだってあれこれ言われてきた。でも菓子作りが好きだという気持ちは、捨てなかったのに」

「それは、その……」

言いにくい事であった。しかし一太郎に、黙っていることも出来ない。

「一太郎、さっき、忠次さんが店に帰ってきたと言っただろう？」

そして人が余り、栄吉が板間から外れることとなった。

「それは仕方のない事かもしれない。場所は足りないし、俺は下手だしな」

だが。だが忠次が帰ってきた時、板間から外されなかった者がいた。そしてその事の意味が分かった時、栄吉は愕然としたのだ。そう、砂糖はもう要らないと思えたのは、あの時だという気がしている。

「栄吉、それは誰？」

「つまりさ、八助だよ」

「八助って、あの彦丸とかいう友達と一緒に倉の前にいた、あのお人だよね。彦丸さんとやらは確か、私と佐助が安野屋の者でも、出入りの商人でもないと知っていた人だよな」

若だんなが、何か含むところがあるような口ぶりで言う。そう言えば何か妙だったなとは思ったものの、今栄吉は他の話をするより、一気に心の内を吐き出してしまいたかった。

「八助は、安野屋に来てからまだいくらも経っちゃあいない奴だ。つまり菓子作りを始めたのは、つい最近なんだよ」

それだけではない。八助は友を勝手に店へ入れたりして、どうも真面目ではないところが見えてきてもいた。元々安野屋へ盗みに入ってきた盗人だった八助は、何とも尻が落ち着かない。

それでも、八助は菓子作りの一員に残された。栄吉は板間からはじき出されたのだ。

栄吉では力不足だと、頬をはられた思いがした。

「だけどそれは努力が足りなかったからじゃない。それだけは一太郎も、認めてくれるだろう?」

栄吉の言葉を聞き、一太郎は頷いている。栄吉が今まで山ほど笑われながらも、ひたすらに菓子を作り続けてきたことを、一太郎は知っているのだ。

「ということは、これからも努力を続けたって、無駄かもしれない」

そう思い至ってしまった。もういい加減にしろと、神仏に言われた気がした。だから。

「何だか力が総身から、抜けてきちまって」

まだまだ何年も、修業を続けるつもりでいた気持ちが、己でも驚くほどしぼみ、菓子を作る気にもなれなくなった。その内一太郎から貰った砂糖が気になってきたが、使うことも捨てることも出来ない。昨日の昼餉どき、どうしようかと漏らしたら、今朝方、八助が声をかけてきたのだ。

「八助は新米の己の方が板間に残ったのを、申し訳ないと言ったのさ」

そして、一太郎のところへ行きたいなら、今日は倉への荷運びを八助が引き受ける。だから番頭に、断りを入れろと言ってくれた。店が忙しい時故、栄吉は一旦断ろうとしたが……急に休みたくなったのだ。

栄吉がいなくとも店は回ってゆく。八助だとて一日くらいいなくとも、何とかなるだろう。だから店を休んできた。

「本当に俺、これで菓子作りを止めるのかなぁ」

己の口から、まるで他人事を語るような言葉が漏れ出てくる。そんなことを言っても、驚かない己がいた。その言葉を聞いても、今は止めもしない親友が目の前にいた。

「最後に作った菓子って、何だったんだろう」

考えても、栄吉には直ぐに思い浮かばなかった。今回が最後だと気張って作った、一世一代の菓子じゃあ無かった事だけは確かだ。溜め息が出てくる。

「畜生……」

気が付くと、そんな言葉を口にしていた。

「どうして、何でおれは八助みたいに、器用じゃなかったんだ」

餡子を作るのが下手でも、他にもっと使えるところがあったら、板間から出される事は無かったかもしれない。

「畜生……」

いや、それ位では栄吉が三春屋を背負うのは難しい。やはり餡子が上手く作れないのでは、一人前の菓子職人にはなれない。元から駄目な話だったのかとさえ思えてくる。

「何でだよ」

どうして菓子屋に生まれたのに、ここまで向いていないのだ？　いや生まれというより、菓子作りは栄吉がやりたい夢であった。なのに、いかに必死になっても、どうにもならない。努力が、気持ちが、見事なばかりに空回りしていく。

「畜生……」

今更落ち込むなんて、笑えるような話だと思う。さんざん粘って、あれこれやったあげくのことだ。そしてついに、もう耐えられなくなったのだから。

「もう、もう駄目なんだよ」

言葉が口からこぼれ出る。

「駄目なんだ。どうしてだ。何で不味いんだ？　駄目だ。駄目、駄目、駄目！　駄目で駄目でだめだめだめ……」

何を言っているのか分からぬ程に、繰り返していた。息が苦しくなってくる。期待をかけてくれている親に、申し訳ない。己が情けない。気が付けば涙が頬を流れ、畳に両の手をついていた。このままでは死んでしまうと思った。息が、止まる。

ずっとずっと、年寄りになるまでずっと、菓子職人を目指し続けていくことなど、出来ないではないか。誰も栄吉を食わしてはくれないのだ。なれる当てのないものを、ただ追いかけていく事が辛い。息も出来ない程、辛い。

「畜生……」

段々声が嗄れてきて、畳に突っ伏した。涙がまだ流れている。総身が震え続けている。

（ち、く、しょう……）

一太郎がこの姿を、じっと見ているのが分かった。

友は栄吉に、何も問わなかった。そして、もう十分泣いただろうなどと言って、嘆くのを止めることもしなかった。だから栄吉は顔も上げられぬ思いに囚われたまま、随分と長く、そのままひたすらに、畳に突っ伏したままでいた。

泣いた。

六

長崎屋から帰った後、栄吉は己でも奇妙に思えるほど落ち着いていた。

もう菓子職人になる事は諦めるのだと腹をくくると、涙は、するりと空の上にでも消えたようであった。

もっとも、爽やかな気分とはいえない。これから、栄吉を置いてくれた安野屋の虎三郎や、三春屋との間に入ってくれた恩人や、それに父や若だんなにも、一度きっちりと頭を下げなくてはいけなかった。

それと共に、己の先々の仕事のことも、考えなくてはならない。何をしたらいいものやら、とんと分からないときていた。

（やれやれ。物事を一つ変えようとするだけで、何と大変なことだ）

とにかく今しばらく安野屋は忙しい故、栄吉は発句の会が終わってから、店を辞める事に決めた。しかしそうなると、菓子職人として板間に入れないことが、却ってありがたい。

（もう、菓子は作らない）

栄吉はそう、思い定めていた。

倉や店奥で働いていると、息抜きの為か、八助が時々例の彦丸と店の裏手で会っているのを見かけたりした。そんな時はおくみが嬉しげな顔付きをして、姿を現した。

（おくみさん、相変わらず可愛いなぁ）

しかし、今の栄吉とは縁のなくなった娘御だと思う。修業半ばで安野屋を辞めていく男など、おくみの父米造が、いい顔を向ける相手ではなかった。

（とにかく、もう少しで安野屋ともお別れだ）

栄吉は奉公人達が寝泊まりしている部屋の隅で、親や虎三郎旦那に、詫び状を書き始めていた。勿論目の前で頭を下げ、直に詫びを言うつもりではある。だがその場では、早々に修業を止めてしまう事について、ひたすら謝るだけになりかねない。心の内を分かって貰いたかった。そしてその後栄吉は、一旦三春屋へ帰ること になると思う。その時が、長かった餡子との闘いの日の終わりなのだ。

(その後の仕事、どうしようか)

昼時、栄吉が倉内で粉の袋を確認しつつ、そんなことを考えているとき、八助が戸口から顔を覗かせてきた。

「おう、今日彦丸さんは来てないのか?」

最近よく顔を見ると言うと、八助は寸の間目を見張る。だが首を振ると、八助は栄吉に、八百屋へ使いに出てはくれぬかと言って、金と書き付けを取り出した。今、手の空いた小僧が、いないのだそうだ。

「ああ、切れた粉があるのか」

振り売りは商っていないが、一軒店を構えた江戸の八百屋では、種々の粉を売っている。

「分かった。直ぐに行ってくる」

以前であれば、新入りの八助に命令されているようで、こういう使いは面白く無かったに違いないと思い、少し笑った。倉の戸締まりを八助に頼み、小走りに表通りに出る。

だが。

　少し道を行ったところで、栄吉は足を止めた。確認の為に渡された書き付けを見てみると、かなり多くの品数が書いてあったのだ。

「何で急に、こんなに沢山要るんだ？」

　しかも書き付けには、近在の店で買えぬ時、離れた場所にある八百屋の大店まで買いに行って欲しいとも書き添えてある。

「こいつはどうやっても、買うのに大分時がかかりそうじゃないか」

　八百屋の大店は日本橋を渡った南にあって、栄吉は三春屋や長崎屋のことを思い出す。ちょいと使いに行くというには、随分と離れている八百屋であった。

「どうしてこんなに細々……」

　栄吉は眉を顰めた。たかが粉を買いにいくだけの事なのに、足が先へと向かわない。

「どうして」

　もう一度、手の中の書き付けを見た後、若だんなの顔を思い出す。先に己の思いの丈を話したとき、若だんなの言っていた言葉が、不意に頭に浮かんできていた。

　栄吉が安野屋へ戻ったとき、店奥の倉の前に、大八車が置かれていた。その上に荷を運んでいた小僧が栄吉の顔を見て、笑いかけてくる。

「栄吉さん、直ぐに砂糖は全部運び出しますよ。確か、和三盆も載せるんですよね？」

「えっ……？」

「あの、入荷した砂糖の種類が間違ってたんでしょう。取り替えに行くんですよね？」

驚いた顔をしたからだろう、小僧が不安げな顔付きとなってこちらを見てくる。倉に目を向けてから、栄吉は問うた。

「誰がお前さんに、砂糖を倉から運び出せと言ったんだい？」

「それは……八助さんですが」

寸の間、栄吉は強く目をつぶった。目の裏に浮かんだのは、時々店にやってくる彦丸の姿であった。板間で使うからと言って、今まで何度も砂糖を、倉から出していった八助の背であった。

その時当の八助が、砂糖の包みを抱え倉から出てきた。倉の前で二人の目が合った。

「おや、こりゃ、栄吉さんだよ。随分と早いお帰りですね」

頼んだ物がこんなに早く、全て手にはいるとは凄いと、八助はちょいと口を歪めて言う。栄吉はそれに答えず、大八車を指さした。

「こいつを何処に運ぶつもりだったんだ？」

大事な砂糖ではないか。発句の会の菓子に使うのだから、直ぐにも要りようになるものを、どうして倉から出すのだ？　するとここで八助は、思わぬことを言い出した。

「なんだい、品が違うから返すと言ったのは、栄吉さん、お前さんじゃないか」

「う、嘘を言うなっ」

思わぬ言われように、血が頭に上る。

「八助、やっぱりお前、何か妙な事をしてるだろ。あの買い物の書き付け、変だったよ」

「買い物の書き付け？　何のことかなぁ」

かっとなった。思い切り殴りかかると、八助は身軽に殴り返してくる。小僧が悲鳴を上げ逃げだした。すると八助はその姿を目に留めてから、小声で思わぬことを言い出した。

「なあ栄吉さん、見逃しなよ。あんたはもうこの店を辞める気なんだろう？　旦那様に、詫び状を書いてたじゃないか」

どうせ辞める気なら手違いで、砂糖の仕入れの数を間違えた事にして欲しい。その責めを負って辞めると言えば、虎三郎はそれ以上、栄吉を追及しないだろうと言うのだ。

「そうしたら、この砂糖を売っぱらえる。お前さんには代金の、三割をやろう」

けちって半分と言わなかったのではない。残りの内半分は彦丸の取り分だと、八助は言い出した。

「彦丸！　あいつやっぱり、盗人の片棒担ぎだったのか！」

どうにも派手な男だったと言うと、八助が笑っている。

「おくみさんには、彦丸はいい男に見えたみたいだがねぇ」

唇を噛みつつ、思い切り八助の足を引っかけた。二人で地面に転がる。だが若だんなよりも年下なくせに、八助は手強かった。

殴った、殴り返された。唇が切れる。相手に噛みついた。わめき散らす。腹を、思い切り蹴り飛ばされた。「げほっ」思わずうずくまった。

(負けちまうっ)

そう思った途端、栄吉と八助は頭から水を被っていた。

「う、へっ」

泥と化した地べたに座り込んだ時、周りを安野屋の奉公人達に囲まれていた。さっきの小僧が、急いで皆を呼んできたに違いない。

虎三郎がずいと前に出て、何があったのかと二人に問う。すると八助が先に栄吉を指さし、思わぬ事を言った。

「栄吉さんが、仕入れに手違いがあったんで、砂糖を取り替えると言ったんです。だからあっしは、荷を大八車に運んでいたんです。そうしたら急にあっしを砂糖盗人だと言って、こいつが殴りかかって来たんですよ」

きっと栄吉は、己が外された菓子作りの場に、八助が加わっていることを、妬んでいたに違いない。それで八助を貶める機会を探していたのだろうと、そう言い出したのだ。

　この言葉に、栄吉が噛みついた。

「俺を使いに出して、その間にお前が、砂糖を盗んでいたんじゃないか。俺が早々に帰ってきたんで、計画が狂ったんだ！」

「嘘を言うなっ」

二人が互いに貶めあったものだから、安野屋の皆はいささか呆然としていた。ここで主の虎三郎が前に出て、二人を見下ろしてくる。

「さて二人は、全く違う話をしているな。どちらかが、嘘をついている訳だ」

するとここで八助が、哀れっぽく虎三郎に泣きつく。

「まさか、以前あっしが砂糖をちょろまかそうとしたから、今回も疑われるなんてことは、ないですよね？　栄吉はあのことを、利用しているんです」

対して栄吉は虎三郎に、八助は彦丸と組み、砂糖を盗み出そうとしているのだと訴えた。その証拠に、この安野屋で若だんなと初めて会った彦丸が、妙な事を言ったことをあげた。

「彦丸はあの日、初めてこの店に来たはずでした。たまたま居合わせた若だんなとも初対面だったのに、若だんながこの店の者では無いと、知ってたんですよ」

彦丸は前々から安野屋を探っていたのだと言うと、虎三郎は腕を組んで唸る。

「そうかもしれんが……長崎屋の若だんなは、立派な身なりをしているからな」

とても奉公人には見えなかったのだろうと、首を振っている。さっと笑みを浮かべた八助を見て、栄吉は慌てて付け足した。

「それだけじゃありません。そう……そうだ、帳面を見て下さい」

「帳面？」

栄吉は倉を指さした。倉内の柱にかけてある、荷の出し入れを書き付けた帳面を、確かめてくれと言い出したのだ。

「彦丸は、何回も安野屋へ来ていたんです。昼間っから仕事もせず、ただ喋りに来たとは思えない。多分八助と組んで、何か倉から持ち出していたんじゃないかと」

「ふざけるなよ、栄吉。倉には鍵が掛かってる。俺に開けられる訳はないんだぞ」

「八助、お前さんはこっそりと荷を盗む必要なんか、無かったんだ。だってお前は職人だ。板間で菓子を作ってるんだから」

　菓子作りに必要だから、取ってこいと言われたと言えばいい。堂々と書き付けに記して、荷を持ち出す事が出来たのだ。その品をこっそり彦丸に渡したに違いない。

「だけど、板間で使う砂糖の量を決めるのは、八助じゃない。親方、帳面を見て、八助が持ち出した量がおかしくないか、確認して下さい」

　栄吉がそう言うと、番頭の米造が動いた。倉の鍵を取り出し開けようとする。途端！　しゃがみ込んでいた八助が、素早く立ち上がった。そして驚いた皆が動く前に、飛ぶように逃げ出したのだ。あっと思った時には奉公人の輪をすり抜け、大通りへ抜ける木戸へと迫っていた。

「逃げたっ」「止めろっ」声が上がったが間に合わない。その時。

「ぎっ」と短い声を上げ、八助が地面に転がったのだ。栄吉が驚いて見つめると、菓子作りに使う大きなのし棒が、八助の隣に転がっている。

「へ？　誰が……」

「旦那様、大事な仕事道具を、飛び道具にしちゃあいけませんよ」

　ここで倉の前にいた米造が、振り返って主を叱った。虎三郎が「へへへ」と笑っている。直ぐに奉公人らが、八助を捕らえにかかった。

「可哀想な奴だ。上手い職人になれるかと思ったのに、盗人から抜けられなかったか」

虎三郎は首を振りつつ、手ぬぐいを栄吉に差し出してきた。とにかく疑いは晴れたと、寸の間ほっとしたような気持ちになる。

だがその時倉の中から米造の、悲鳴のような声が聞こえて飛び上がった。皆が顔を見合わせ、安野屋の庭にまた緊張が走る。虎三郎が倉内へ駆け込んだ。

直ぐに悲鳴の元が分かった。八助は既にもうごっそりと、砂糖を盗み出していたのだ。

七

それから己がいかに動いたか、栄吉はよく覚えていない。とにかく、目の前に迫った発句の会へちゃんと菓子を納品するため、安野屋は一丸となって動いた。その一員として栄吉も、目一杯走り回っていたのだ。

足りなくなった砂糖は、勿論虎三郎や米造が、取引先から掻き集めた。だがいつもの店からは、すでに無理を言って荷を融通して貰っていた。その後だけに量が足りなかった。何としても足りなかった。

それで栄吉が、長崎屋へと走ったのだ。

無理を承知だと言って、若だんなに頭を下げた。前に砂糖を突っ返した者が、何を今更とは思ったが、とにかく上物の砂糖を急に頼める相手は、若だんなしかいなかったのだ。

すると若だんなは、というか、若だんなに頼まれた仁吉は、あっさりと種々の砂糖を揃（そろ）えてくれた。どういう訳だか二人は、笑いを浮かべていたように思う。

（と、とにかく砂糖は何とかなった！）

ほっとしたのはいいが、問題は更に残っていた。虎三郎達が余分な仕事に時を割かれたおかげで予定が狂い、菓子作りの方が一層大変なことになってしまったのだ。

「間に合うかねえ」

そう言いつつ寝る間も惜しんで、大松も忠次も働いている。するとこの時虎三郎が、栄吉に声をかけてきたのだ。

「時も人手も足りなくなった。栄吉、もう一度、板間に入るか？」

栄吉は思わず主の顔を見た。それから詫（わ）び状を入れた胸元へ、思わず手をやった。板間へ目をやれば、見慣れた木鉢が置いてある。

栄吉は、若だんなの前で身も世もなく大泣きした、あの時のことを思い出していた。

「それで栄吉、どうすることにしたんだい？」

しばらく後、安野屋へ顔を出した若だんなが、栄吉にこう尋ねた。

発句の会が終わった後、安野屋では砂糖がすっからかんになったので、長崎屋が倉へ新たな上物の砂糖を運んできたのだ。

その荷にくっついてきたはいいが、病弱な若だんなは、荷運びなどさせて貰えない。仁吉は砂糖を運んでいる間、話でもしていて下さいと言って、若だんなを栄吉のところへ押しつけたのだ。

若だんなは栄吉の様子が気になっていたのか、この時ばかりは文句も言わず、安野屋の板間で栄吉の横に座り込む。栄吉は仕事中だと言って、黄色く色づけしそぼろにした餡を練りきりの真ん中に載せつつ、若だんなと話した。

「どうするって、何をだい？」

問い返すと、若だんなが声を潜めてくる。

「だから、先に言ってた話だよ。その、もう……今と同じ事はしちゃおれないと、あんなに言い切ってたじゃないか」

だが栄吉は今、菓子を作っている。若だんなが首を傾げるのは、もっともであった。

「ああ、確かにそうだったな」

そう返事をした途端、栄吉は己の顔が熱くなってくるのを感じた。きっと、赤くなったに違いない。

だが余分なことを言わず、栄吉の言葉を聞いてくれた若だんなには、ちゃんと言っておかねばならないことがあった。栄吉は仕事をしながら、ぼそぼそと小声で話し始めた。

「今回は一太郎に、色々迷惑をかけたな」

でも幾つもの大波を乗り越え騒ぎが収まった今、栄吉には分かったことがあったのだ。己の菓子作りの腕は、情けないものであった。身に染みた。

しかし。

「しかし、なんだい」

慎重に黄色い餡を載せ終えると、栄吉は若だんなの方を向く。それからかなり気恥ずかしい中、一番言いにくいことを友に白状した。

「気が付いたら俺、また菓子を作ってたんだよ」

騒動が起こったせいで、菓子作りの手が足りなくなった。そうしたら思わぬ事に、虎三郎からまた板間に入って、菓子を作ってもいいと言われたのだ。

「そうしたら……俺は性懲りもなく、菓子に手を出してたんだ」

迷いが無かった。あれほど嘆き涙さえ流した事を、己は覚えていないのかと思った。だが。気が付いたら菓子鉢を手にしていた。

「餅を手に載せたら、嬉しかったんだよ。饅頭を丸めだした時には、もう夢中になってた」

己でも、その気持ちに呆れていた。そして栄吉はその時、分かった事があったのだ。

「俺は下手だ。本当に下手だ。それは、嫌と言うほど分かってる」

でも、菓子を作るのを、止められないと思う。

だから、人からいかに悪し様に言われようが、菓子作りを止めない。もし三春屋を継いでも、買いに来てくれる客がいるかどうかは分からないが、止めない。食って行くためには他に仕事を持ち、菓子は趣味のようにして作るしかないかもしれない。

それでも栄吉は一生菓子を作っていくだろうと、己で確信を持ったのだ。

「あれ程はっきり辞めると言ったんだ。なのに前言を翻すのは、あんまり格好の良いことじゃない。だけどそもそもこの俺が、菓子作りで格好を付けたって始まらないしな」

だから！　置いて貰える内は、この安野屋で修業を続ける事にしたと、栄吉ははっきり、若だんなに言った。

　するとその時、二人の横から声がかかった。見ればそこにいたのは、主の虎三郎であった。

「なんだい、栄吉ときたら、辞めたいと思っていたのか」

　栄吉と若だんなが、思わず顔を見合わせて黙りこむ。虎三郎はにっと笑うと、言葉を続けた。

「栄吉、お客さんは、美味いと思って気に入った菓子を、贔屓にしてくれるんだ。職人が、修業何年目でその菓子を作れるようになったかなんて、誰も気にしちゃいねえよ」

　才ある者が三月で作れるようになったものを、三年で習得しても、客は文句を言わない。買った菓子が美味しければ良い事だからだ。それにと言い、虎三郎は栄吉を見る。

「何事に付け、やり続ける事が出来ると言うのも、確かに才の一つに違いないんだ。お前さんには、その才がある」

　八助は諸事、器用にこなしていた。だがそれだけに達成感がなかったのか、菓子作りに面白みを感じられなかったのだろう。あげく盗みを止められず、八助は番屋の世話になってしまった。もう菓子を作る事もないに違いない。

「結局、修業の先にある菓子作りの面白みを知るのは、お前さんの方かもしれねえなぁ」

そう言ってぽんと背を叩き、虎三郎は栄吉の側を離れた。栄吉の作業の手が止まっていた。見れば目の前で、若だんなが優しく笑っている。

栄吉は今まで、たとえ僅かでも才があるなどと言われたことが無かった。生まれて初めての言葉に、何だか無性に、涙が出るほどに気恥ずかしくなった。どうしたらいいかすら分からず、おろおろとする。気が付けば、涙すら出そうになってきたではないか！

思わず、横にあった木鉢を握りしめた。

中からは甘い、餡子の残り香がした。

鮎売り

坂井希久子

一

下駄(げた)を履いた素足が冷たい。

袷(あわせ)になったばかりで、体がまだ慣れていないのだろうか。

卯月朔日(うづきさくじつ)は衣替え。綿入れの綿を抜いて、着るものが袷になる。足袋(たび)もこの日から重陽(ちょうよう)の節句までは履かないのが習いである。

だが今月は、はじめの数日こそ夏を思わせる陽気だったが、その後は空もかき曇り、涼しい日が続いている。重々しい綿を抜いてすっきりしたのもつかの間、袷ではどことなく心許(こころもと)ない。

お妙(たえ)は手にした空笊(からざる)を、きゅっと抱いた。

寒くはないが、知らぬうちに冷えている。特に早朝、まだ火の気のない土間(どま)に立っていると、爪先(つまさき)からじわりと冷気が上がる。

体質なのか、一度得た冷えはなかなか取れない。甘酒売りでもいないかしらと、歩きながら通りを見回す。

日本橋(にほんばし)に近づくにつれ、どんどん人が増えてきた。

そろそろ朝五つ（午前八時）というところ。大通り沿いの大店(おおだな)も、間もなく開くのだろう、小僧がおぼつかない手つきで店の前を掃いている。

八百屋の店先には近郊の農家が青物市を広げているが、誰もべつに咎めはしない。これだけ人が集まれば、客の取り合いにもならない。

あちこちで振り売りの声がして、その中から「あまい、あまい、あまぁざ〜け」という節回しが近づいてきた。

やった。喜色を浮かべて振り返る。

だが甘酒売りは、気の抜けた調子であとを続けた。

「ひゃっこい、あまぁざ〜け」

お妙はがっくりと肩を落とす。

卯月はすでに初夏である。甘酒は年中売られており、特に夏の暑気払いとして好まれる。温かいのと冷たいの、どちらもあるが、冷やし甘酒のほうだったらしい。まあいい。あとで熱々の出汁に塩をひとつまみ、それに七味唐辛子を振ったのを飲もう。考えるだけでもあったまる。

そうとなれば、買い物を済ませて早く帰るとしよう。

目指すは魚河岸である。

いつも魚はこの人と決めた棒手振りから買っているのだが、今朝は待っても来なかった。それなりに年輩だから、昨今の涼しさに具合を悪くしたのかもしれない。

「あの親爺が持ってくる魚は、目がいいな」

亡き良人の善助がそう言っていただけあって、なかなかの目利きである。諦めて他の棒手振りから買おうとしたが、物がどうもよくなかった。

そんなわけで日本橋の魚河岸まで、自ら足を運ぼうというわけである。

「かつおーっ。かつおかつおかつおかつお、かつおーっ」

初夏の江戸名物、鰹売りが威勢よく駆け抜けてゆく。紙問屋の裏から下女が笊を手に走り出てきて、「ちょいと」と呼んだ。

初物好きの江戸っ子である。中でも鰹は別格で、初鰹には二両、三両の値がついた。

だがそれも、ご改革以前の話だ。近ごろは厳しい取り締まりに客のほうで腰が引け、一昨年などは一両三分の初鰹が一本も売れなかったそうである。

売れなければ当然値は下がる。卯月も半ばにさしかかり、そろそろ手が届くかもしれないと、お妙は耳をそばだてた。

「一本おいくら？」

「へい、ちょうど一貫文で」

かつての勢いに比べれば、凄まじい下がりようだ。

だが庶民から見ればまだまだ高い。『ぜんや』のような居酒屋で、気軽に出せるものではない。

お妙は頭の中から「鰹」の文字を追い払う。

先月の花見では、俵屋のおかげで立派な桜鯛を扱えた。それはそれで楽しかったが、店に来るのはお大尽ばかりではない。

いやむしろ、大店の主人たちが常連であるほうがおかしいのだ。

「あ、そうだ」

桜鯛で思い出した。そろそろ「あれ」が食べごろだ。

少ししかないから、すべての客には行き渡らない。せめてあの花の宴に連なっていた面々には出してみよう。

お妙は鰹に未練を残さずに、歩きながら算段をつけてゆく。

そもそもが堺の出だから、初鰹に対する欲がない。上方で鰹といえば、秋の戻り鰹だ。あの赤身にこってりと纏わりつく脂の旨さ。江戸暮らしのほうがうんと長くなっているが、そこはちょっと譲れない。

室町一丁目の木戸を過ぎると、風に磯臭さが感じられた。

怒鳴り合うような声まで聞こえてきて、日本橋は今朝もたいへんな賑わいである。

二

「へい、らっしゃいらっしゃい。安いよ安いよ」

あっちでもこっちでも、独特のダミ声が飛び交っている。問屋の店先で魚を売る、仲買人である。

扱うものが傷みやすい魚だけに、早く売り切ってしまおうと、魚河岸の男たちは気が急いている。河岸に繋がれた平田舟から問屋へと魚を運ぶ荷揚軽子も、人を蹴散らすような勢いで走っている。

ゆっくり品定めなどしようものなら怒鳴られかねない。お妙は少しばかり間を取って、それぞれの店先に目を走らせる。

涼しい日が続いているせいか、板舟に並ぶ魚はあまり種類が多くない。それでも鯵にイサキ、海老の類、サザエなどが旬である。

歩きながら物色していると、よく肥えたアオリイカが目に入った。

これは刺身にしても煮つけにしても、天麩羅にしたって旨そうだ。

歯で噛み切るときの弾力と、あとからくる甘みを想像すると、たまらない気持ちになった。五杯以上買うと安くすると言うので、それで手を打つことにする。

使い切れなくても、一夜干しにしてしまえばよい。

買ったものを油紙に包み、持参の笊に入れた。他に気になるものはないかと、辺りを見回したそのときである。

「うるせぇ。いらねったらいらねぇんだよ。いいからとっとと帰りやがれ！」

野太い怒鳴り声が上がった。

すわ喧嘩かと、人々が色めきたつ。

火事と喧嘩は江戸の華。特にこの界隈は血の気の多いのが集まっている。

騒ぎは川魚専門の魚屋の、店先で起こっているようだ。

吸い寄せられるように見物の人だかりができてゆく。お好きねぇと半ば呆れながら、お妙はその脇を通り過ぎようとした。

「お願ぇします。どうか、お願ぇします」

ん、と足を止めたのは、その声が若い女のものだったからだ。

先ほどの、怒鳴られていた相手である。縋るような口調が気になり、人垣の間からそっと覗いた。

「全部売らねぇと、帰れねぇんです」

「知ったこっちゃねぇ。こっちは傷モンの鮎なんざ願い下げなんだよ！」

怒鳴っているのは川魚屋の主人らしい。まくり上げた腕にびっしりと強い毛の生えた、厳めしい男である。

その足元で小柄な女が、泥濘んだ地面に額をこすりつけるようにしていた。顔を上げるとまだ幼い。歳は十二か三だろう。手を入れていない眉を下げて、訴えかけるように主人を見上げる。

手拭いを姉さん被りにし、手甲と脚絆を着けた装いは、どことなくくたびれていた。傍らに置いた竹編みの平籠に、小振りの魚が並んでいる。

鮎売りだ。

江戸の鮎は若い女たちが玉川（多摩川）から、夜通し歩いて運んでくる。目指すは四谷塩町の鮎問屋。そこで荷を下ろし、来た道をまた引き返すのだ。

それがなぜ、日本橋まで出張っているのだろう。

「おいおい、買ってやれよぉ」

喧嘩ではないと分かり、見物人から気の抜けた声が上がった。人垣も、一人二人と減ってゆく。

主人が声のしたほうに向けて怒鳴った。

「冗談じゃねぇ。いっぺん落っことしちまったとかで、見ろよこれ。傷だらけじゃねぇか」

少なくなった見物と共に、お妙も籠を覗き込む。

たしかに十数尾すべて、ところどころに傷がつき、身が見えるほど抉れているのもあった。

だがそれならはじめから傷ものとして、安く売ればいい話ではないか。

「なのにこのガキ、値は一文も負からねぇと、分かんねぇことを言いやがる。やってられっかよ！」

なるほど、主人が立腹している訳は分かった。

おそらく四谷の問屋でも、買い取りを拒まれたのだろう。だから疲れた脚を引きずって、日本橋までやって来た。娘にも、言い値で売らねば困る事情がきっとあるのだ。

それを見物人は、我関せずとばかりに囃し立てる。

「娘さんが可哀想だぞぉ」

「そうだそうだ、懐の深いとこ見せてやれよ」

「そう思うんなら、てめぇが買ってやりゃいいじゃねぇか。仕入れ値だ。安いもんだろ」

「うーん、でもこんなにいらねぇしな」

周りはみな男ばかり。助けてやろうと申し出る者もなく、にやにやと顔を見合わせている。

お妙はすっと前に出た。

「いいわ。私が買うわ」

細い肩に手を置くと、娘が潤んだ目を向けてくる。

垢抜けはしないが、愛らしい子だ。

値を聞けばたしかに安かった。そんなはした金のために長い道のりを歩いてくるのだと思うと、哀れですらあった。

「おいおい姐さん、いいのかよ？」

中年増の口出しに、主人のほうがたじろいでいる。

お妙は「ええ」と頷いて、板舟に並ぶ籠を指した。

「あと、そこの鮎もひと盛りくださいな」

「へ、へい。毎度あり！」

見物の中から、ピュウと調子はずれな口笛が上がった。

「姐さん、粋だね。店でもやってんの？」

「いけねぇ、オイラ惚れちまった」

「いい女だぁ。うちの嬶に爪の垢煎じて飲ませてやりてぇな」

口々に褒めそやされて、顔が熱くなる。心ならずも目立ってしまった。

あしらいに困り、野次馬には微笑みだけを返す。それから地面に座り込んでいる娘に手を差し伸べた。

「行きましょう。神田花房町に家があるの。少し休んでゆくといいわ」

どのみち千代田のお城をぐるっと回って、遠い道のりを帰るのだ。『ぜんや』はほとんど通り道にある。

娘を従えて歩きだすと、なぜか喝采が沸き起こる。

お妙は逃げるようにしてその場を去った。

さて、思いがけず鮎が手に入った。

初鰹にはさほど心惹かれぬお妙だが、若鮎は別である。

なにしろ出回りはじめたばかりの鮎は、骨も皮も柔らかい。身の香り高さと皮の香ばしさ、どちらも楽しむならこの時期だ。

もっとも娘から買った鮎は、路上にぶちまけてしまったというから、客に出すのは憚られる。だったら賄いにしてしまえばいい。

自分とお勝、二人分には少し多いが、焼いておけばいくらでも食べられる。考えただけでも楽しみで、頬がきゅっと窄まった。

そんないい鮎に傷がついてしまったのは、四谷の大木戸のすぐ目の前、内藤新宿の宿場町で、ごろつきの諍いに巻き込まれたせいだという。

「なんだと、てめぇ。この野郎」

怒声に驚き、振り返ろうとしたときにはもう遅かった。

後ろから男がぶつかってきて、娘は竹籠もろとも地面に投げ出された。

一緒に尻餅をついた男は、旅籠屋の下男ふうだったという。慌てて散らばった鮎をかき集めたが、すっかり踏み潰されているのもあった。

見上げれば風体よろしからぬ二本差しの二人組が、下卑た笑みを浮かべていた。おおかた飯盛り女に無体をはたらき、下男に摘まみ出されたのだろう。それで逆上したというところだ。

「てめぇ『黒狗組』なめんじゃねぇぞ！」

「そのへんにしておけ。行くぞ」

二人組のうち血の気の多そうなのが吠え、もう一方が窘める。なぜか諍いを止めた侍のほうが恐ろしかったと、娘は身を震わせた。

「だって、すごく冷めた目ぇしてたんだもの」

このところ貧乏旗本の厄介である次男三男坊たちが、「『黒狗組』だ！」と徒党を組んで暴れ回っているのは知っている。数を恃んで居丈高になっている彼らは、鮎を拾い集めるちっぽけな娘など、気にも留めなかったことだろう。

「可哀想に。怖い思いをしたわね」

「うん。だけど、お姉さんみてぇないい人にも会えたし」

床几に腰掛けた娘ははにかみながら、七味唐辛子を振った出汁を啜る。小さな八重歯の覗く笑顔に、つられてこちらも頬が緩んだ。

竈に火を入れたおかげで、調理場も暖かくなってきた。お妙は前掛けを締め直し、仕込みに入る。

「疲れたでしょう。お腹になにか入れて、少し寝て行ったら？」

素直な子には優しくしてやりたくなる。だが娘は真っ青になって首を振った。

「とんでもねぇ。オラ、すぐ帰んねぇと。ねっちゃにぶたれる」

「まぁ」

それは引き留めたのが悪かったかもしれない。だがどうしても、あのまま帰す気にはなれなかった。歳はお妙の見積もりよりやや上の、十四だというが、首も手脚も細っこく、栄養が足りていないのは明らかだった。

聞けば娘はふた親をすでに亡くし、兄夫婦と共に暮らしているそうだ。「ねっちゃ」というのは、兄嫁のことらしい。

「まこと、ありがとうごぜぇました。旨かったです」

ねっちゃの顔でも思い出したか、娘は湯呑を置いて立ち上がる。

「あ、ちょっと待って。本当にすぐだから」

炊きたての飯を振舞ってやろうと思っていたから、七厘の炭は熾っている。

お妙は残り物の冷や飯を手早く江戸流の三角に握り、網で焼いてこってりと味噌を塗った。

奮発して、やや値の張る江戸甘味噌である。この甘みは若い娘にはたまらないだろう。味噌の焦げる匂いに、腹の虫がキュウと鳴るのが聞こえてきた。竹の皮に包んで持たせてやると、娘は涙を浮かべて受け取った。見送りに出たお妙に向かって、何度も何度も頭を下げる。神田川から外堀沿いに歩くつもりなのだろう。小さな後ろ姿が遠ざかり、やがて見えなくなってしまった。

街道をゆく大人の男でも、一日に進むのは十里ほど。娘はこれから粗末な草鞋で、玉川の上流まで十数里の道をゆくのである。

三

支度を始めるのが遅くなってしまった。

娘を見送ってから、調理場に戻ってお妙はてきぱきと立ち働く。

卯月の間は卯の花の炒り煮が欠かせない。干し椎茸の戻し汁で風味を効かせ、仕上げに溶き卵を回しかける。このなめらかな口当たりが好みである。

烏賊は捌いて胴は一夜干しに。下足とワタは鉄鍋を熱し、明日葉と炒める。醤油を垂らすとじゅわっという音とともに、香ばしい匂いが立ち昇った。

残った下足は里芋と煮よう。隠元はほどよく茹でて、胡麻ダレで和える。

春先にたっぷり煮て塩漬けしておいた筍を塩抜きして、吸い物の実に。吸い口は花山椒だ。

鮎はもちろん塩焼きだろう。味や香りもさることながら、この魚は形の美しさをも楽しむものだ。

泳いでいる姿そのままに踊り串を打ち、塩はぱらりと控え目に。ヒレや尾が焦げないよう化粧塩をすることもあるが、塩辛くて食えたものじゃない。ここがパリッと旨いのに、それはあまりにもったいない。

もうひと味ほしいと欲張るなら、蓼酢だろう。帰りに青物市で買ってきた青蓼を細かく刻み、擂鉢であたる。

粘りを出すため冷や飯を少量入れて、とろっとするまで練ったところに、加減しながら酢を入れた。

指にすくって舐めてみれば、ピリリと辛い。この辛みが鮎の風味を邪魔するどころか、引き立ててくれる。

ひととおりの支度を終えて、ひと息ついた。店を開ける時刻まで、湯を一杯飲むくらいの暇はありそうだ。

床几には鮎売りの娘の使った湯呑が、そのままになっている。

軽く濯いで湯を注ぎ、あの子は今ごろどこを歩いているだろうかと、物思いに耽った。足が速ければ、もう内藤新宿を過ぎたかもしれない。

日が長くなったとはいえ、帰り着くころにはすっかり暮れているだろう。「ねっちゃ」にひどくぶたれなければいいのだが。

兄嫁にしてみれば、あの子は余分な食い扶持なのだ。娘が頑なに鮎の値を下げなかったのは、そのようにきつく言い含められていたせいだろう。

他に寄る辺のない身では、口答えもできぬ。嫁に行くまでの辛抱とはいえ、嫁ぎ先でもいびられぬとは限らない。

田舎では、嫁は子を産む働き手だ。毎日くたくたになるまで追い回される。

家に在りては父に従い、嫁しては夫に従い、夫死しては子に従う。そう説かれる女の生きざまとは、なんであろうか。

幼くしてふた親を亡くしたのは、お妙も同じ。もしかするとそのまま妓楼に売り飛ばされて、今とはまるで違う運命を辿っていたかもしれない。

だが引き取ってくれた善助はすこぶる優しく、亡き父のように「女に知恵がなくてもいいなんてこたぁ、あるもんか」と言ってくれた。

お妙が思うところを述べても「小賢しい」と叱らずに聞いてくれ、「聡さをあんまり前に出すんじゃねぇぞ。外では一歩引いて笑ってるくらいが賢いんだ」と、身の守りかたも教えられた。

嫁にしてくれと迫ったのは、もちろん善助が好きだったからだが、今さら他の男の元で暮らすなど、息苦しくてたまらないと思ったからでもある。

義理の姉となったお勝にしたって、口は悪いが優しい女だ。江戸に来たばかりの頃、善助が居酒屋をはじめる前の下準備をしている間に、お勝の元に預けられていた一年だけでも、返しきれないほどの恩がある。

今でもお勝には心配をかけてばかりだ。

善助に先立たれてしばらくは、床から起き上がることもできなかった。まるで煮固めた寒天の中にいるかのごとく、見るもの聞くものすべてがぼやけ、暑い寒いも感じなかった。

そこへ強引に割り込んで、尻を叩いたのがお勝である。

「おお嫌だ、畳に黴でも生えてんじゃないかい。ほら、床を上げてそこ、掃いちまうよ。頭がついてこなくったって、とにかく手と足を動かすんだ。店も開けるよ。働かなきゃおまんまも食えやしない」

それから毎日通ってきては、お妙の働きぶりを見守っている。耳が痛いことも平気で言うが、お勝がいなければ、とっくに店を手放していたことだろう。

返せぬほどの恩が、降り積もってゆくばかり。

私はたんに、運がよかったんだわ。

目尻に浮いた涙を払い、お妙はぐっと白湯を飲み干す。

周りにいた人が、たまたま優しかっただけ。お勝の良人の雷蔵も、お勝の息子たちも、みんな幼いお妙によくしてくれた。

ままならぬことが多くても、力のかぎり生きなければ。

近ごろようやく、そう思えるようになってきた。

湯呑を洗い、桶に伏せる。

そろそろお勝が来る頃合いだ。せめて笑って出迎えよう。

三月ほど前に裏長屋の駄染め屋に押し込まれてからというもの、お勝はずっと内所に泊まり込んでいた。二人で布団を並べるのは昔に戻ったようで懐かしかったが、あんまり続くと雷蔵に悪い。

逃げた駄染め屋はまだ見つかってはいないが、木戸番にしっかり届け出てあるし、戸締りにも気をつけている。もう大丈夫だと言い聞かせ、卯月に入ってからは家に帰ってもらうことにした。

どうせいつもの仏頂面で入ってくることだろう。隠れておいて、「わっ！」と脅かしてやろうかしら。

そんな悪戯を思いつき、お妙は開け放した戸口の脇に控えた。

「わっ、お妙ちゃん。なによ、びっくりするじゃないのさ」

はじめに店に入ってきたのは、お勝ではなかった。

裏長屋に住む、おえんである。戸口に潜むお妙に驚き、豊かな胸乳を揺らして後退った。

「ごめんなさい。お勝ねえさんを待っていたんですけれど」

「まだ来てないの？」

「ええ。でも少しくらい遅れることは、よくありますから」

店を開ける朝四つ半（午前十一時）は、もう過ぎている。

お妙は照れ隠しの笑みを浮かべ、いそいそと調理台の向こうに戻った。その横に据えた見世棚には、大皿に盛られた料理が並んでいる。

おえんがごくりと喉を鳴らした。

「なにか取りましょうか」

「ううん、いいのいいの。奴をおくれ」

おえんは肥えた体を気にしてか、昼は豆腐と決めている。そのわりに痩(や)せないのは、間食が多いせいだろう。人が旨そうに食べているのを見ると、「どうしようかなぁ」と迷いつつ、けっきょく食ってしまうのだ。

そのくらいなら昼をちゃんと食べたほうがいいと思うのだが、当人はまだ諦めがつかぬらしい。

「はい、かしこまりました」

お妙は盥(たらい)の水に放ってあった豆腐を取り、布巾(ふきん)で水気を拭(ふ)き取った。

薬味は生姜(しょうが)と葱(ねぎ)、茗荷(みょうが)も刻もう。家で食べる奴豆腐とはひと味違うものにしたいと、濃口醤油に煮切った酒を混ぜる。それだけで醤油にコクが出る。

「うーん、これこれ。お妙ちゃんの手にかかると冷奴もこんなに美味(おい)しくなるんだから、不思議だねぇ」

豆腐の角を崩して口に含み、おえんが頬を持ち上げる。

お妙はまだ湯豆腐が恋しいが、雪の日でも裸足(はだし)で通すおえんにはすでに暑いのだろう。

「うちの冷奴なんか、どぶどぶ醤油かけなきゃ味がしなくってさぁ」

「豆腐の水切りはしてます?」

「あ、それかぁ」

「水をちょっと拭くだけでも違いますよ」

「ああ、いいのいいの。美味しいのが食べたくなったら、ここに来りゃいいんだからさぁ」

　ずぼらなおえんらしい言い分である。

　そしていつもの邪推がはじまった。

「ところで隣の婆あがさぁ、うちの亭主に色目使ってくるんだけどさ」

　おえんの家の隣には、七十過ぎの老婆が一人で住んでいる。相手が女と見るや、生まれたばかりの赤子から、骨と皮しかない老婆にまで悋気を起こす。亭主もよく我慢しているものである。

　のらりくらりと愚痴につき合い、半刻（一時間）ほど過ぎただろうか。話に相槌を打ちながら、お妙は戸口を流し見る。おえんもその仕草に気づいたらしく、いったん悋気の虫を収めた。

「お勝さん？」

「ええ。ちょっと遅いと思いまして」

　もうしばらくで昼九つ（十二時）の鐘が鳴るだろう。お勝は几帳面な性質ではないが、ここまで遅れるほど大雑把でもない。

「だよねぇ。アタシもさっきから、いつお勝さんの嫌味が割り込んでくんのかと、びくびくしてたんだけどね」

おえんでさえ、遅いと感じていたようだ。

二人して戸口に目を遣るが、お勝が来そうな気配はない。

「アタシが店見といてあげるからさ、今のうちに行ってみちゃどうだい？」

横大工町のお勝の家までは、橋を渡ればすぐである。

幸い客はおえんのみ。お妙は軽く手を合わせた。

「構わない？　ごめんなさい、すぐ戻ってきますから」

「いいよいいよ。腰やっちまって、身動き取れなくなってんのかもしれないしさ。ほら、早く行ってやんな」

腰をぎっくり痛めてしまうと、少しも動けぬほど辛いという。お勝は四、五年前にもそれで十日ほど寝込んだことがあった。雷蔵が仕事に出たあとなら、一人で苦しんでいるかもしれない。

「ありがとう、おえんさん」

お妙は身を翻し、前掛け姿のまま外に走り出ようとする。

だがその前に、入り口からにょきりと顔が生えた。よく日に焼けた男が、中を覗き込んでいる。

「お、いたいた。さっきの姐さんだ」

お妙を指差し、男は後ろを振り返る。

「おーい、ここだぁ。この店だぁ」

そう言って、尻っぱしょりの裾(すそ)を下ろしながら入ってきた。緩い衿元(えりもと)から腹掛けを覗かせ、半股引(はんももひき)を穿(は)いている。

似たような風体の男がもう一人、手招きされてあとに続いた。

「神田花房町って聞こえたからさ、探しちまった。居酒屋だったとは、こりゃ気が利いてるねぇ」

身動きすると、ほのかに魚の匂いがする。魚河岸にいた男たちだろう。おそらく川魚屋での経緯(いきさつ)を、周りで見物していたのだ。

「ひとまず八文二合半(こなから)つけとくんな」

一合八文の安酒を注文すると、おえんが座る床几の片側にどさりと腰を下ろしてしまった。

「見っけた！　姐さん、さっきはかっこよかったぜ」

「俺、アンタにもう一遍(いっぺん)会いたくってよぉ」

「エへへ、来ちまった」

それからというもの、次から次へと魚河岸の男たちがやって来る。店はたちまち大賑(おおにぎ)わいになってしまった。

魚は朝のうちに売り切ったのだろう、いずれも仕事の垢を酒で洗い流そうという者ばかり。これは長っ尻になりそうだ。

どうやらお勝の様子を見に行くどころではない。

「お妙ちゃん、アタシ手伝うよ」

見たこともない繁盛(はんじょう)ぶりに、おえんでさえ立ち上がった。

「おい、なんだ。こりゃすげぇな」

戸口で戸惑(とまど)いの声が上がったのは、それからさらに半刻ほど過ぎたころだった。

魚河岸での一件を見聞きしていた客が引きも切らず、狭い店は床几も小上(こあ)がりもすっかり人で埋まっていた。勝手に酒樽(さかだる)を運んできて、そこに座っている者まである。

これ以上はさすがに入らぬ。断るか待ってもらうかしなければ。

しゃがんで七厘に土鍋をかけていたお妙は、「あいすみません」と立ち上がる。

調理台の向こうにいたのは、印半纏(しるしばんてん)にねじり鉢巻きをきりりと締めた、年輩の男であった。

「ああ、にいさん」

お妙は安堵(あんど)の息を洩(も)らす。お勝の良人、雷蔵である。

近ごろめっきり髷が痩せ、白いものが交じるようにはなったが、小兵ながらがっしりと締まった肩つきに衰えはない。

調理台をぐるりと回り、お妙はその両腕に取りついた。

「ねえさんは。お勝ねえさんはどうしてるの？」

来るはずの人を待つのは苦手である。善助が帰らなかった夜を思い出す。

「落ち着け、落ち着け。心配ねぇよ」

そんなお妙の肩を叩き、雷蔵は皺だった笑みを浮かべた。

「すまねぇな。朝のうちに知らせてやろうと寄ったんだが、留守だったみてぇでよ」

ちょうど、お妙が仕入れに出ている間に立ち寄ったものらしい。ではやはり、お勝になにかあったのだ。

「仕事の間もお妙ちゃんがさぞかし心配してるだろうと、気が気じゃなかったんだが——」

「だから、ねえさんは？」

問われたことから先に答えればいいものを、雷蔵の話は回りくどい。人柄もよく大工仕事の腕もいいが、弟子がなかなか居着かないのはそのせいではないかと思う。

「それが昨夜、寝る前から寒気がすると言って、寝込んじまっててさ」

「まぁ、大変。お医者様は？」

「そんな大層なもんじゃねぇよ。熱がちょっと高そうだが、ただの風邪だろうよ」

この季節なら、傷風（インフルエンザ）ということはまずあるまい。このところの、急な冷えがよくなかったのだろう。

めったに寝込むことのないお勝だ。慣れていないだけに、辛かろう。

「お昼は？」

「食いたくねぇってんで、一応枕元に湯冷ましと湯漬けを置いてきた」

「せめて濡れ手拭いを、額と首と――」

「脇の下と脚のつけ根に当ててろ、だろ。やってあるよ」

お妙の言わんとすることを先回りして、雷蔵が頷く。折敷を下げてきたおえんが、通り過ぎざま口を挟んだ。

「手拭いなんざ、額にちょっと載せときゃいいんじゃないのかい？」

「首と脇と脚のつけ根は、大きな動脈が通ってますから。冷やすと熱が下がりやすくなるんです」

「どうみゃく？」

耳慣れぬ言葉に首を傾げるおえんである。

「心の臓から出て、全身にくまなく巡る血脈のことです」

「ますますわけが分かんないね」

「お妙ちゃんのおとっつあんは、医者だったんだってよ」

見かねて雷蔵が助け舟を出す。

「なるほどねぇ」と、分からぬながらおえんも頷いた。

「ええ。蘭学も齧ったことがあるようで、私が熱を出すとそうしてくれたんです」

だからようするに、受け売りだ。今から十七年前に、杉田玄白らによって刊行された『解体新書』に同じ言葉が散見されるが、そんなことまではもちろん知らない。

もっとも田沼主殿頭のころに奨励された蘭学も、松平越中守はお嫌いなようで、昨今では取り締まりを強めている。そのご改革はまるで、前の時代を打ち消したいかのようである。

「そりゃいいことを聞いた。亭主が熱を出したらやってみるよ」

無駄話をしている暇もろくにない。小上がりの客に呼ばれ、おえんが注文を受けに行った。間違いも多いが、持ち前の朗らかさで楽しげに立ち働いている。

「くうっ、こりゃうめぇ！」と、料理を口にした客が声を上げた。

「こんなに口当たりのいい卯の花は、食ったことがねぇ」

「ああ。菜っ葉の炒めも、深みがあると思や、烏賊のワタか」

「これオイラが売った烏賊だぜ。上手く使ってくれてありがとよ！」

「気に入ったよ。通うよ、この店」

好き勝手に喋る客に、お妙は愛想よく笑顔を返す。多少荒っぽいところもあるが、おおむね気のいい男たちである。

「いやしかし、ちょっと見ねぇうちにずいぶんな繁盛だな」

雷蔵が困惑顔で目を瞬いた。

「これは今日、たまたまで。お勝ねえさんの様子も見に行けずにすみません」

「なに言ってんだ、いいことじゃねぇか。あいつは寝てりゃ治るだろうから、気遣いはいらねぇよ」

とはいえ病気で寝込んだときは、心細いものである。一人きりで寝ていると、世の中から取り残されたような気にもなる。本当はすぐにでも駆けつけて、看病してやりたいところなのだが。

「店を放り出して駆けつけたって、あいつは怒るだけだと思うぜ」

それがお勝という女である。しかも気遣いからではなく、本気で怒る。この調子では客足が落ち着いたころに、ちょっと顔を見に行くくらいが関の山だろう。

「んじゃあ、また仕事帰りに寄るわ」

って手を振った。

「にいさん、お食事は？」

「なぁに、家でさらさらっと済ましてきたさ」

午後の仕事に戻るのだろう。雷蔵は目尻に皺を寄せ、「行ってくらぁ」と手を振った。

四

客でひしめいていた店内がようやく落ちついてきたのは、夕七つ（午後四時）を過ぎてからだった。

魚河岸の仕事は朝が早い。そのぶん早めに酔って、ひとっ風呂(ぶろ)浴びて寝てしまうのだろう。

「おい、こら。起きろ。起きろってのｌ」

家に帰るまで待てず、小上がりでいびきをかいている男までいる。同輩に頰を張られても、「ううーん」と唸(うな)るだけで起きそうにない。

「旨かった。ありがとよ」

「おかげさまで疲れが取れた。これでまた明日っから気張れるってもんよ」

別の客が真っ赤な顔をほころばせて去ってゆく。

労(ねぎら)われると、やはり嬉(うれ)しい。表まで客を見送ってから、お妙は小上がりに水を運んだ。

「お、こりゃ悪ぃね。ほれ、水だぞ。飲め」

同輩が湯呑を受け取り、口元まで持ってゆく。それでも寝ている客は、いやいやと首を振るばかり。これが最後のひと組である。

「無理に起こさなくても。ゆっくりでいいですから」

あまりによく寝ているので気の毒になり、つい仏心を出してしまった。

「そうかい。そんじゃ、お言葉に甘えて」

「きゃっ！」

連れの男は湯呑を置くと、お妙の手を取って引いた。勢いで小上がりに片膝をついてしまう。まるで小娘のような声が出た。

「女将(おかみ)さん、この店一人でやってんのかい？　この細腕で、やっかいなことも多いだろうによ」

今がまさにそれである。このときを狙(ねら)っていたのか、おえんはちょうど裏の井戸に洗い物に出ていた。

男は歳のころ三十前後。髷を細長く取った、いなせ風だ。自分は色男だと、自惚(うぬぼ)れているくちである。

「やめてください。困ります」

きっぱりと断っても、こういう手合いには通じない。嫌よ嫌よも好きのうちと、都合のいい解釈をしてしまう。

「いいじゃねぇか。どうせなら、二階でゆっくりさしてもらおうか」

鼻先に酒臭い息が降りかかる。こんなとき、いつも助けてくれるお勝はいない。身をよじって逃れようとするが、もう片方の手首もがっしりと摑み込まれてしまった。

「おい、なにをしている」

背後から、咎めるような声が上がった。振り返るといつの間に来たのか、林只次郎が佇んでいる。

次男坊とはいえ、さすがは武士。きりりとした立ち姿には迫力があった。だがいなせ風も、武士に凄まれたくらいでは引くに引けない。

「なんだ、てめぇ。何者だ」

「私はこの店の——常連だ」

そのとおりだが、なんとも力の抜ける回答である。

只次郎は刀の柄で、戸棚に並んだ置き徳利を指し示した。

「お主には、あれが見えぬのか?」

「なんだ？　ええっと、菱屋、俵屋、升川屋、三文字屋、三河屋――」

いなせ風は促されるままに、徳利に掛かった木札を読み上げてゆく。やがて「ちっ」と舌を鳴らした。

「分かった、あん中の誰かの妾ってことか。しゃらくせぇ、帰ってやるよ」

どう解釈したものか、お代を叩きつけるように置くと、寝ている男を乱暴に揺り起こす。それでもまだ起きないので、肩を貸して立ち上がる。

「ちくしょう、ちったぁてめぇで歩きやがれ！」

同輩を引きずるようにして、去って行った。

その後ろ姿をぼんやりと見送ってから、お妙はふっと目を伏せる。

「私って、やっぱりお妾さんに見えるんでしょうか」

「えっ、まさか。違いますよ」

焦った様子の只次郎、いつもの武家らしからぬ言葉遣いに戻っている。

「男が助兵衛なのが悪いんです。お妙さんはただ、いい女なだけですよ！」

勢いづいて、いらぬことまで口走ったらしい。しまったとばかりに只次郎は、目を白黒させている。

傍に度を失った人がいると、かえって冷静になるものだ。只次郎の狼狽に、ざわついていた胸がすっと鎮まる。

少し前に鶯の糞買いの又三から、妾奉公の話があると聞かされた。それからというもの、自分はそういう女に見えるのかと、人の目が気になっているのかもしれない。肝心の又三がちっとも捕まらないものだから、なおさらである。

「すみません。ありがとうございます」

世の男がみな只次郎のようであったなら、接してゆくのも楽だろうに。口元を隠しても、ふふっと声が洩れてしまう。

つまり、まったく男として見ていない。そうとも知らずに只次郎は、頰を染めて分かりやすく話題を変えた。

「ええっと、お勝さんはどうしたんです？」

お勝がいれば、あんな男はさっさと追っ払っていただろうに。

只次郎がそう思っているのが手に取るように分かり、お妙はまた己が情けなくなった。この若侍の目から見ても、自分は頼りなく映るのだろう。

「お妙ちゃぁん、ごめぇん、小皿一枚割っちゃった」

裏口からおえんが戻って来た。小脇に抱えた盥の中で、洗った器が音を立てる。

「あれ、おえんさん？」

前掛け姿のおえんを見て、只次郎が首を傾げた。

「そうですか、お勝さんが」

床几でくつろぐ只次郎に、ほどよく温まったちろりの酒を運んでゆく。

おえんもまた少し間を開けて座り、番茶で一服していた。お茶請けに出した梅の甘露煮を、実に旨そうに食っている。ひと仕事を終えて、腹が減っているのだろう。

「あの人でも風邪なんかひくんですねぇ。病のほうが尻尾巻いて逃げそうなのに」

「本当にねぇ。病に説教がきくなら、お勝さんは無敵だろうさ」

本人がいないのをいいことに、只次郎もおえんも言いたい放題である。

「んもう。ねえさんに言いつけますよ」

馴染みの客はやはり気楽だ。お妙は気を取り直し、笑いながら折敷を置いた。

「なんです、これは」

只次郎が首を伸ばして覗き込んでくる。

ちろりの横に、小皿と楊枝が添えてある。そこに短冊状のものが三枚。柿色をしており、軽く炙ったのでうっすら焦げ目がついている。

「からすみです。先月の、桜鯛の真子で作りました」

「おおお！」

たちまち只次郎の目が輝く。

からすみは通常ボラの卵で作るものだが、実は魚卵ならなんでも使える。しっかり塩をして気長に干して、ようやく食べごろというわけである。

「たくさんあるわけじゃないので、少しずつですみませんが」

盃に酒を満たしてやると、只次郎はひと口喉を潤し、待ちきれぬとばかりに楊枝を取った。

「これはうまぁい。ねっとりして、後引く味です」

目を瞑り、くうっと唸り声を上げている。

風味が濃厚なからすみは、酒で流しながらちびりちびりと齧るのがよい。

おえんがもの欲しげに指をくわえた。

「いいなぁ。アタシも味見がしたいよぅ」

「しょうがないなぁ。一枚どうぞ。大事に食べてくださいね」

人のものを欲しがるなどはしたないことだが、只次郎はさほど気にせず分けてやる。おえんは「やったぁ」と喜色を浮かべ、不作法に指で摘まんだ。

「やだ、なんだいこりゃ。少し齧っただけだってのに、口の中全部が美味しいよう」

言わんとすることはよく分かる。旨みが舌の上でとろけているのだろう。

「困ったぁ。酒が欲しくなっちまうよ。でもまた肥えちまうし、どうしよう」

「お妙さん、盃をもう一つ」

どうせ我慢などできないのだ。只次郎に先回りをされて、「ええーっ。じゃあ、一杯だけ」と盃を受けるおえんである。

お妙はその光景に目を細めた。旨いものは、楽しく食べるのが一番だ。この人たちを見ていると、こちらまで幸せな気持ちになる。

「それはそうと、お勝さんの様子を見てきちゃどうです？　私は勝手に呑ってますから」

「よろしいんですか？」

「ええ、もちろんです」

「じゃあ、お言葉に甘えて少しだけ。おえんさんも、ゆっくりしてってくださいね」

おえんは早くもちろりから、二杯目の酒を注ごうとしている。

どうやらいけるくちである。羽二重餅のような肌をほのかに染めて、「あ、でもほら」と入り口を指差した。

振り返ると雷蔵が、敷居をまたいで入ってくるところである。

肩に大工道具を担いでいないところを見ると、仕事が終わっていったん家に寄ったのだろう。

「雷蔵にいさん、お帰りなさい。ねえさんは？」

背後では只次郎がおえんに、「誰？」と尋ねている。

「お勝さんの旦那だよ」

「ひょえっ！」

どういう意味なのか、驚愕とも悲鳴ともつかぬ声が上がった。

「熱はもういいようだ。大事を取って、まだ寝とくよう言ってあるけどな」

「そう、よかった」

ほっと胸を撫で下ろす。たちの悪い病ではないようだ。

「それでよぉ、あいつになにか、旨いもんをこしらえてやってほしいんだがよ」

ということは、少しは食欲が戻ったのだろう。

喜ばしいことだが、雷蔵は困ったように頬を掻く。

「お妙ちゃんには、あいつの食いたいもんが分かるかい？」

「はい？」

長いつき合いではあるが、そんなものはそのときの気分だ。分かるはずがない。

「だよなぁ」と、しょんぼり肩を落とす雷蔵である。

話によると、腹が減ったと言うお勝に雷蔵は、「なにか食いてぇもんはあるか？」と尋ねたそうだ。だがお勝ときたら、「何年アタシの連れ合いやってんだい。てめぇで考えな」と、不機嫌そうに鼻を鳴らしたという。

「まぁ、お勝ねえさんったら」

お妙は呆れて目を瞬いた。

「まったく、しょうがないですね、あの人は。ちょっと元気になったらもう毒舌ですか」

同じ男同士、只次郎は雷蔵にいたく同情したらしい。おえんのほうに席をずれて、「まぁどうぞ」と床几を勧める。

お勝に叱られて覇気のない雷蔵は、素直にそれに従った。

「林様、お勝ねえさんはただ、にいさんに甘えているだけだと思いますよ」

「はぁっ。そんな可愛気のない甘えかたがあるもんですか」

若い只次郎には、夫婦の機微というものがまだ分からぬ。さらに言い募ろうとするのを、雷蔵が手で押し止めた。

「いや、すまねぇ。あいつがそう言うからにゃ、俺になにか落ち度があるんだ」

珍奇なものを見たとでもいうように、只次郎が目を丸める。

肌をますますいい色に染めて、おえんがからからと笑った。

「相変わらず仲のよろしいこって」

そう、お勝が歯に衣着せぬもの言いをするわりにこの夫婦、めったなことでは喧嘩をしない。雷蔵の回りくどいもの言いに、お勝が一方的に苛ついていることならよくあるのだが。

「あいつぁ、言葉はきついが間違ったことは言わねぇからよ」

「ええっ、そうですか。私はけっこう、理不尽なことを言われている気がするんですが――」

腑に落ちぬ様子の只次郎。この男の場合はからかい甲斐があるのだからしょうがない。

「とりあえず、お粥でも作りましょう。雷蔵にいさんも、なにか食べてってくださいね」

見世棚の料理もずいぶん捌けて、見た目が寂しい。お妙はそれを彩りよく取り分けて、雷蔵の元に運んでやった。

「あ、私にも同じのを」

そうくると思っていた。只次郎の注文に、心得顔で頷き返す。

「ちなみに今日のお魚は、鮎です」

ありがたいことに、ちょうど客用の鮎が一人分残っていた。答えは分かっているのに、首を傾げて尋ねてみる。

「召し上がります？」

「いただきます！」

と、只次郎は勢いよく頷いた。

五

踊り串を打ち、遠火でじっくり焼いた鮎である。

小振りなので二尾、炙り直して角皿に盛る。彩りに青楓（あおかえで）を散らし、蓼酢の小皿をちょんと添えた。

「うわぁ、いい焼き色ですねぇ」

「頭からいけますよ」

「そうですか。では」

勧められるままに、只次郎は頭から齧りつく。さくりさくりと嚙むほどに、唇の両端がきゅうっと持ち上がった。

「うっまぁい」

しみじみとした呟き（つぶや）である。

「なんです、この歯触りは。口の中に硬いものがちっとも残りませんよ。鮎ってたいてい、顎（あご）のあたりがごりごりするじゃないですか」

「ええ。ですから、顎から焼くんです」

「なんと！」

亡き良人、善助から教わった焼きかたである。子供のころに故郷の河原で、鮎を突いては焼いて食っていたらしい。

「鮎はなんといっても、丸齧りが一番ですから」

お妙は頬に手を当てて、うふふと笑う。

身の香り高さと骨からにじみ出る旨み、それから皮の香ばしさ。すべてを味わってこその鮎である。

「ああ、蓼酢をちょっとつけても、また旨い。この青臭さが、ワタのほろ苦さと合うんですよねぇ」

そしてもちろん酒にも合う。只次郎は盃をクッと干して、幸せそうに息を吐いた。

それを見て、またもや指をくわえるおえんである。

「いいなぁ。涎が出ちまうよ」

「もうあげませんよ。新しく焼いてもらってください」

これは譲れぬとばかりに只次郎、おえんから皿を遠ざける。

お妙はすまなそうな顔を作り、「すみません」と腰を折った。

「今日の鮎はそれでおしまいなんですよ」

「ええっ、そんなぁ」

「賄い用ならあるんですが」

ただし鮎売りの娘から買った、傷ものである。

だがおえんは「かまうもんか」と、横っ腹を叩いた。

「こちとら給仕のときから鮎の匂いに参ってんだ。ましてやこのお侍さんの、まぁ旨そうに食うこと。まったく我慢がききゃしないよ」

今日のおえんは客というより、助っ人だ。ならべつに、賄いを振舞っても差し支えはないだろう。お妙は床几で背中を丸めている雷蔵にも声をかける。

「にいさんも、召し上がりますか？」

「いや、俺ぁいらねぇよ」

まだ落ち込んでいるらしい。先ほど取り分けた料理にも、あまり箸がつけられていない。

「あの、一つ聞いてもいいですか？」

好奇の虫を抑えきれなかったのだろう。只次郎が雷蔵に話しかける。

「お勝さんとは、どういう馴れ初めで夫婦になったんです？」

心底分からぬというふうに、首をひねった。

「そんなもん聞いて、どうすんだい」

「ええっと、後学のために」

　どうせ面白半分のくせに、真面目くさってそう答える。だが雷蔵は、「なるほど」と得心して頷いた。

「俺が一本立ちしたばかりのころに、大家がな。知り合いの長屋に父親を助けてよく働く娘がいるってんで、会ってみねぇかと言ってきたんだ」

「よく働く？　嘘でしょ。あの人ここじゃ、煙草吹かしてるだけですけど」

「いえ、それが本当なんです」

　訥々と語る雷蔵に任せていると、話が長くなりそうだ。仰天する只次郎に、お妙が言い添える。

　お勝が江戸に出てきたのは、十二の歳だった。善助と共に父親に連れられて、信濃から抜けてきたのである。

　かつて藩主の豪遊により領民に重い年貢が課され、大勢の百姓が逃散したというお国柄だ。また冬場の出稼ぎが多く、江戸に伝手があったのだろう。

　その後、父親は駕籠かきに、善助も間もなく奉公に出て、お勝が家の一切を取り仕切るようになっていた。母を早くに亡くしたせいか、そのころからすでにしっかり者だったという。繕い物や洗い張りの内職に、精を出していたそうだ。

「私の良人も藪入りで帰ったときには、ご馳走をたんまり作ってくれたと言っていましたよ」

「ああ、うちの倅たちのときもそうだった。もっとゆっくり食えだの、音立てて啜るなだの、文句ばっかつけてたけどな」

昔を思い出し、雷蔵が懐かしげに目を細める。

只次郎がしんみりと、分かったふうなことを呟いた。

「女の人って、歳と共に変わってしまうものなんですねぇ」

「そう? アタシなんか子供のころからずうっと、だらしがないって言われてるよ」

「ええ、おえんさんはそうでしょう」

「ちょっと。そりゃどういう意味だい」

おえんが笑いながら只次郎の肩を突く。重みがあるものだから只次郎の体はふっ飛ばされそうになり、危うく雷蔵が手を添えた。まるで狂言でも見ているようだ。

「あ、いけない」

七厘にかけておいた土鍋から、粥の噴きこぼれる音がする。お妙は慌てて身を翻し、布巾で土鍋の蓋を取った。

滋養がつくように、ここに卵を落とそうか。いや、それよりも——。

炙っておいた賄い用の鮎を、土鍋に入れて粥と煮る。

柔らかくなったころに頭を持ち、箸で身をこそげて骨を抜き取った。味をみて軽く塩を振り、身もワタも一緒にざっくりと混ぜる。

「なんです、それは」

顔を上げると、只次郎が調理台越しに覗いていた。旨そうな匂いにつられて来たのだろう。

「鮎粥です。良人が故郷で鮎をよく食べたと言っていたので、ねえさんも懐かしいだろうと思って」

そう話している最中に、なにかが胸に引っかかった。

まるで鮎の小骨のような、些細なものだ。それを見極めようとして、はっと目を見開いた。

「そうだ、花梨糖！」

脈絡のないひと言に、一同ぽかんとこちらを見る。お妙は胸の前で手を組んで、言葉を足した。

「私が風邪で寝込んだとき、良人が花梨糖を買ってきてくれたんです。『死んだおとっつあんがそうしてくれたから』って」

家族三人で江戸に出てきたばかりの、貧しいころだ。病気とはいえ、甘いものを口にできるのはさぞ嬉しかったことだろう。善助の父親だって、無理をしてでも子供たちに食わせてやりたかったはずだ。

花梨糖は花梨を黒砂糖漬けにした菓子で、喉にいい。

「ああ、おとっつあんの顔が思い浮かぶなぁ」と、善助は花梨糖をつまんで目を細めていた。

古い記憶を呼び起こすのは、匂いだという。だが大切な思い出に繋がっている味も、きっと人それぞれにある。

「ちくしょう、それだ！」

雷蔵がぴしゃりと額を打った。

「若ぇころにもあいつが熱を出して、花梨糖が食いてぇって言われたっけ。あちこち探し回って買ってやったのに、ああ、すっかり忘れちまってた」

がっくりとうな垂れて、大げさなくらいしょげ返る。

只次郎が床几に戻り、その背中を興醒め顔で撫でさすった。

「そんな、何十年も前のことでしょう。普通は忘れてますよ」

「馬鹿だねぇ。女はそういうことを覚えてるもんだよ。嬉しかったんじゃない、お勝さん」

おえんに続き、お妙もふふっと笑みを漏らす。

「ええ、可愛いですよね」

女はずっと昔の良人の仕打ちを、昨日のことのように覚えている。だが悪いことばかりではなく、してくれて嬉しかったことも、ちゃあんと胸に秘めているのだ。それを雷蔵が覚えていなかったから、お勝は少しばかり拗ねているのだろう。

「俺ちょっと、行ってくらぁ。ありがとよ、お妙ちゃん」

言うが早いか雷蔵は、止める間もなく飛び出して行った。

花梨糖売りは日が暮れてから、大きな提灯をぶら下げて売り歩く。探せばきっと、どこかにいることだろう。

「お勝さんのために、なんでそこまで――」

「なにさ、あんたもお妙ちゃんのためなら、ひとっ走りするだろう」

「そりゃあ、お勝さんとお妙さんは違いますから」

「それが違わないんだよ」

「違いますよ。月と鼈よりも違います」

言い合いをする只次郎とおえんを尻目に、お妙は「あらら」と頬に手を当てた。

視線の先には、熱々の土鍋がある。

綿入れにでも包んで、冷めないうちに持って行ってもらおうと思ったのに。しょうがない、出来たてよりは味が落ちるが、温め直して食べてもらうか。

「あの、お妙さん」

只次郎が遠慮がちに呼びかけてくる。

お妙は首を傾げて先を促した。

「そのお粥、私がいただいてもいいですか？」

たしかにそうしてもらえれば、あとで作りたてを持って行けるのだが——。

「ですが、この鮎は」

「賄い用でしょ。どうだっていいです。そんなものを見せておいて、食わせないなんて法はないですよ」

気を遣っているのではなく、本当に食いたくてたまらないようだ。

「お願いしますよ」と、手を合わせて頼み込んでくる。

そこまでされては、撥ねつけるのも酷である。粥のお代をもらわなければ済む話だ。

「分かりました。それでは」

「あ、お椀は二つね」

右手の指を二本突き出し、ちゃっかり尻馬に乗るおえんである。酒で気が大きくなっているのか、もはや肥えることを気にしていないようだ。

折敷に椀を二揃え、土鍋と共に運んで蓋を取る。

湯気が鼻先をそっと濡らした。

甘い米と香り高い鮎の匂い。二人とも我先にと椀によそい、吹き冷ましながら啜り込む。

「うーん」

唸り声が重なった。只次郎もおえんも、天を仰いで顔をくしゃくしゃにしている。

「うまぁい。鮎の出汁が米に染みて、飲み込んだあとの香りまで旨い！」

「はぁ、幸せぇ。ねぇお侍さん、お酒もうちょっと頼んどくれよ。アタシ、これで呑めちまうよ」

「厚かましい人だなぁ。すみませんお妙さん、あと二合ほど」

それでも酒を注文してやるあたり、只次郎も人がいい。おえんに言われてもう少し、飲みたくなったのかもしれぬ。

「置き徳利のお酒が、これでもう終わりですが」

「それじゃ、一升分追加しといてください」

只次郎の徳利は、備前焼の人形徳利。へこませた腹のところに布袋様がついている。

酒を満たして棚に並べ直していると、またもや戸口に人の立つ気配があった。

「おいコラ、おえん。探しちまったじゃねぇか」

軽く息を弾ませているのは、おえんの亭主だ。

女房とは違い、ちゃんと食わせてもらっているのかと心配になるほどの細身である。目鼻もまた、小筆ですっと引いただけのように細い。

「あっ、ごめぇん。お勝さんが休みでさ、お妙ちゃんを手伝ってたのよ」

一方のおえんは悪びれない。亭主の帰る時刻も忘れて酒を飲んでいたというのに、からからと笑っている。

「べつにいいんだけどよ。お妙ちゃんとこにいるなら、書き置きくらいしといてくれ。心配すんだろ」

「ごめんねぇ。ほら、アンタも座って食べなよ。美味しいよ」

ずいぶん走り回ったようで、おえんの亭主は額に汗を浮かせている。

声を荒らげてもいい場面だが、それより安心が上回ったのか、同席する只次郎に一礼して、勧められるまま床几に座った。

「あっ、この卯の花、一昨日(おととい)うちの晩飯に出たやつじゃねぇか。お前、自分で作ったふりしやがったな」

「えへへへ。いいじゃないの、アタシが作るより美味しいんだからさぁ。あ、お妙ちゃん。あんまりうちの亭主に色目使わないどくれよ」

悋気の強いおえんと一緒になって、悩ましいことも多かろうに。ここもずいぶん仲がいい。

「ふむ。蓼食う虫、か」

食い終わった皿に残った蓼酢を横目に、只次郎がぼそっと呟いた。

料理茶屋の女

青木祐子

二階の連子窓の外には、雲が広がっていた。

喧騒から離れ、閑散とした通りにある料理茶屋である。

西の陽に焼かれた畳といい、黒くすすけた柱といい、あまり流行っていない店のようだが、あがってみると意外と心地よく、ちりひとつない六畳間である。

夕餉には早く、半端な時間である。

守屋が、窓の敷居にひじをついて外を見ていると、すっと襖が開いて、女中があらわれた。

女は盆を先に部屋にいれてから、中に入って、襖を閉めた。

「遅くなって」

こんなところの女にしては愛想のない、低い声である。

齢のころは三十半ばといったところか。桔梗の色の、古びた着物を着ている。

白粉の匂いはしないし、襟はきっちりと閉じられている。女らしさといえば丸髷に挿したべっこうの簪ひとつきりだが、甲高の細面には、妙な色気があった。

「煮豆はないのかい、お蘭さん」

守屋は窓敷居にひじをかけたまま、尋ねた。

お蘭は、椀にかけていた手を、ぴたりと止めた。

守屋が名前を知っていたのに、やや驚いたようである。

「いまは季節じゃありませんのでね」

お蘭は膳に食事を並べ終わると、最後にとっくりと杯をふたつ、かちりと置いた。

「それは残念だな。ここの煮豆がうまい、って評判を聞いたものだから、渋谷からやってきたんだが」

「お客さん、食通ですか」

客に対してものを言うにしては、笑顔がない。表情の乏しい女である。

「それほどじゃないが」

守屋はひょいと手を伸ばし、漬物をつまんだ。

茄子は浅漬けだろうが、旨かった。このあたりで採れた新鮮なものを使っているのだろうと思われた。

膳の上にあるのは、漬物のほかは青菜の小鉢と、味噌のかかった焼き豆腐である。

どれも季節のものをうまく使い、彩りがいい。評判どおり、小さいがちゃんとした料理を出す店のようである。

守屋はこの店のことを、食いしん坊の祥太から聞いていたのである。

「あたしは煮豆のことなんて知りませんよ。女中ですからね。このとおり、酒を注ぐのが仕事で」

「それだけかい。茶屋の女中といえば、別の仕事を頼む男もいるだろうが」

お蘭は、じろりと守屋を見た。

女郎扱いされて、気を悪くしたらしい。

見たとおり、かなり気の強い女のようである。

「酌はしますけど、ここはそんなお店じゃありません。あたしはただの雇われもんですしね。酌をしてもらいたいって話だったけど、飲まないのなら下がらせてもらいますよ。お客さん」

「飲むよ。そのために来たんだから、お蘭さん」

守屋は、杯をとった。

お蘭はじっと守屋を見ていたが、あきらめたようにとっくりをとった。

守屋の向かいに膝をくずして座り、袂をちょっとおさえて、守屋の杯に酒を注ぐ。

雇われ者といいながら、酒を注ぐ手つきはなかなか慣れている。

「お客さん、生業は」

「医者——ということになっているが、生計をたてられるほどじゃない。患者を診ることもある薬売り、といったところだ」

守屋は言った。

人に警戒させるような風貌はしていない。総髪で、着流しの裾を少しからげて、あぐらをかいている。もとより、武人の荒っぽさとは無縁である。

「お医者さんですか」

お蘭は少し、安心したようだった。

守屋がお蘭のために、もうひとつの杯に酒を注いでやると、遠慮せずにとって口に運ぶ。

「あたしを目当てに来たっていうんなら、誰かと勘違いなさってるんじゃないですか。あたしはこのとおり若くもないし、愛想もなにもない女ですよ」

「愛想のないのがいいのさ。己は話をしたいんだ、お蘭さん。あんたがこの店に入ったのは夏ごろだって聞いたけど、それまではどこに？」

「野暮ですよ、お客さん。女に昔の話を聞くなんて」

女は袷の袂を口にあて、はじめて笑った。

守屋はじっとお蘭を見つめ、おもむろに手を伸ばした。

かたわらにいるお蘭の手をとる。

お蘭ははっとしたように手をひっこめたが、守屋のほうが早かった。

「女の手なんかに興味があるんですか、お客さん」

手をとられたまま、守屋をにらむようにして、お蘭は言った。

「手の皮が厚い。まるで料理人の手のようだと思ってね」

「料理人じゃないといっているのに」

「己はどうしても、この店の煮豆が気にかかってね。別に食通じゃねえが、己の知りあいがここで食べていったことがあって、ちょうどあんたが来たころに、煮豆の味が変わったって教えてくれたんだ。あれ、あんたが作ってるんじゃないかね」

「煮豆に味の違いなんて、そんなにありゃしません」

　女は守屋の手をふりほどいた。

　守屋は深追いをせず、小鉢の青菜に手をのばす。

「そうでもないさ。作り手が変われば大違いだ。己の知人ってのは、坂本町の長屋に住んでるものなんだが、そこの長屋に来る物売りの煮豆が好物で、近くで見かければ、欠かさず買っていたそうなんだ」

「長屋の人間は物売りを重宝しますからね」

「そうそう。そこじゃ、煮豆だけじゃなくて、汁やら、漬物やら、季節のものを作って、毎日売り歩いていたから、晩のおかずにちょうどいいってね。だが、この夏になって、ぷっつりと来なくなっちまって」

「商いに飽きて、やめたんでしょうね」

「いいや、理由があるのさ。実は、その煮豆売りに関わりのある娘が、己の患者なんだ。大変な目にあった娘でね。それで、あんたの話を聞いてみたくって。この話、もっとしてもいいかい」

守屋は、尋ねた。

お蘭はしばらく黙っていたが、横を向き、ぽつりと口を開いた。

「あたしは、お客さんの話を聞くのが商売ですよ。話したいなら話せばいい」

「なるほど。だったら、こっちへ来い」

守屋は重ねてあった座布団を、自分の隣に置いた。

お蘭はじっと守屋を見ていたが、思い切ったようにぐいと自分の杯をあおると、かたんと膳に置いた。

「いい飲みっぷりだな」

守屋はもうひとつのとっくりから、女の杯に酒を注ぎ込む。

今日は酒が必要かもしれないと思い、多めに頼んでいたのである。

お蘭は守屋の隣に来た。何も言わずに座布団の上で膝を崩し、うかがうような目で守屋を見ている。餌（えさ）に近づく野良猫のようである。

「その煮豆売りのことだがね——」

守屋は、陽に照らされると目じりに皺（しわ）が浮かぶ、年増女の横顔を眺めながら続けた。

お蘭は黙って聞いている。平静を装っているが、きつくしめた帯の胸もとが、ゆっくりと上下に動いていた。

「やっていたのは夫婦もんで、ずっと裏町の長屋に住んでいたのを、商売がうまくいきはじめたんで、やっとのことで、深川に小さな一軒家をかまえたところだった。物売りといっても、いいかげんな商いじゃない。働き者の夫婦でね。女房が菜を作り、亭主が売りに出る。朝から晩まで商売して、いずれは小さな料理茶屋を持つつもりだったらしい。あんなことがあるまではな」

「あんなことって、どんなことですか」

「夫婦のうち、亭主のほうが死んだのよ」

守屋は青菜を口に運んだ。

青臭さが抜け、ほどよくしんなりしたところに、白ごまをふりかけた鉢である。なるほど、この店は野菜を使った料理が旨い。

窓の向こうでは少しかすれたような白い雲が、こちらへ向かってせり出している。

「そうですか。そりゃ、ご愁傷さまなことで」

お蘭はあいかわらずの無表情だった。けっこう杯を重ねているが、顔色ひとつ変えない。

「どうやって死んだか、聞かないのか」

「あたしとは関係のないことですからね」

「せっかく住みはじめた家の、土間に倒れていたんだよ。出刃包丁で胸を一突きされて、仰向けになってね。なにせ惣菜屋の土間だから、出刃包丁やら菜っ切り包丁やら、大きな包丁が何本も置いてあったらしい」

「……ふうん……」

お蘭は丸髷に結った髪を指でなでつけ、ぐいとあおるように酒を飲み干した。

「そりゃご愁傷さまだ。そんなふうになったんじゃ、どんな商いだってやめるしかないでしょうね」

「そのとおりさ。その、煮豆売りの亭主の死体を――煮豆売り、っていちいちいうのが面倒だから、仮に亭主のほうを善三としておくが――善三を見つけたのは、近くの長屋から手伝いにきていた娘だ」

守屋はお蘭の杯に酒を注いだ。

「善三は朝の商売を終えて、午後の仕込みのためにいったん家に戻ったところだった。娘は夕方の下ごしらえをするために、奥の間にいたらしい。土間から悲鳴が聞こえて、娘があわてて入ったときには、善三は胸を一突きされて、倒れていたそうだ」

お蘭は注いだばかりの杯を口もとに持って行き、一息に飲む。

守屋は自分の分の杯を置き、一度手をのばして、漬物を口に放り込む。

「――酔っ払って、酒のあてでも作ろうとしていたんじゃないですかね。何か間違いがあって、たまたま」

「ほう、お蘭さん、どうして善三が酔っ払っているってわかる」

「朝から商いをして、息抜きに戻ってくるんなら、飲むでしょう」

「なるほど。そのとおりだよ。善三は飲んでいたんだ。妙なのはそのとき、同じ土間で煮炊きをしていた善三の女房――これもまた面倒だから、おとき、って名前にしておくか。この女の姿が、それ以来見えないんだよ」

守屋はふうと息をつくと、壁に頭を寄りかからせた。

「善三が胸を刺されて死に、女房のおときが姿をくらました。妙なことじゃないか。これをどう思う、お蘭さん」

「さあ、どういうことなんだか」

「普通に考えたら、殺したのはおときってことになる。なにしろ、ふたりはしょっちゅう、荒っぽい夫婦喧嘩(げんか)をしてたそうなんだ」

お蘭は、ことりと杯を膳の上に置いた。

守屋とは視線を合わせず、口もとを袂で軽く拭きながら、そっぽを向く。

「よその家の夫婦喧嘩なんて、知ったこっちゃありませんよ」

「しかし、おときの行方は気にかからないか。それを知った町方同心は、すぐにおときを捜しはじめたが、困ったのは、誰も彼も、何も知らないってことなんだ。善三はにぎやかな男だったらしいが、おときはなにせ無愛想で、近所と井戸端で話すこともなかった。籍のほうもわけありで、実家の人間ももういない。わかっているのは、煮豆がたいそううまかったってことだけだ」

守屋は袂に手をいれ、お蘭の横顔をじっと眺めながら言った。

「その話をきいて、己はこの近くに煮豆がうまいと評判の店があったのを思い出した。それも近ごろになって、急にうまくなったってね。それで、ひょっとしたら、同じ味なんじゃないかと思って、ここに来た次第なんだ。お蘭さん」

「話はそれだけですか、守屋さん」

お蘭は静かに言った。

目がすわっていた。

これだけずけずけと言えば、いくら感情のみえない女でも怒り出すか、さもなければすぐに席をたって部屋を出ていくかと思ったが、そんなこともない。

覚悟はきまっているようにも思われた。

長く話して、喉が渇いている。お蘭が酌をするのを忘れているので、守屋はとっくりから酒を自分で注いだ。

「あんたにとっては退屈かもしれないが、己にとっては大事なんだよ。なにしろこの場合、本当はどうだかっていうのが己の仕事でもあるわけなんで」

「あんたは医者でしょう。どうしてそれが仕事になるんです？」

「言っただろう。己の患者が、その煮豆売りと関わりがあるんだってね。名は美鈴っていって、夫婦に手伝いで雇われていた娘だ。その日は奥で下ごしらえをしていたんだが、悲鳴をきいて土間に入って、善三がこと切れているのを見つけちまった。十六の娘にはきつい眺めだよ。それ以来、妙な症状が出ているから、みてやってほしいと言われて、通っているのが己の仕事だ」

お蘭は、ぴくりと頬を動かした。

「妙な症状、と言うと」

「美鈴は、善三の死体を見つけたはいいんだが、そのときのことをきれいさっぱりと忘れちまっててね。覚えていないんだ」

守屋は言った。

美鈴の住む長屋の、奥の間。頭をおさえながら、ぽつりぽつりと同じ話を繰り返す美鈴を思い出す。

その日のことですか――。

あたしはその日の朝、いつもどおり長屋を出て、深川の、おときさんの家に手伝いに行きました。

刻は、明け六つ。

おときさんは、日の出とともにその日の豆を煮はじめるのが日課なんです。だからいつも早く寝ようとしているんですけど、その前の夜は、おっかさんが妹と弟を連れて、近所の祭りに出かけていて、それを待ってなきゃならなかったもんで、早くに眠れなくて、起きるのも遅くなってしまって。

朝いちばんに、おときさんに叱られて、急いで支度をしていたら、商売に出かけようとしている善三さんとぶつかってしまいました。

で、今日はずいぶん遅いな、って言われたものだから、ゆうべ遅かった理由を言ったら、善三さんは怒ってくれました。おっかさんは祭りに出かけて、それも、妹と弟は連れていくのに、あんただけを連れていかないのはひどいもんだ、とかなんとか。

あたしは、妹と弟は小さいから、祭りで楽しそうにしているのが嬉しいんだ、って答えました。ええ、おっかさんは、おとっつぁんが死んでから苦労しっぱなしでしたから。あたしも働き出したことだし、気晴らしに行ってきたら、ってすすめたのはあたしなんです。

話が逸(そ)れました。とにかく、善三さんは普段からそんな感じで、あたしにはすごくよくしてくれてたんです。おときさんは、あたしには厳しくて、料理のほうも、あれは違う、これを覚えてない、ってがみがみ言うほうでしたけど。善三さんは、おときさんに怒られるあたしをかばってくれて、おときさんを怒鳴りつけたりすることもありました。

でも、おときさんはそれに負けてませんでした。何か言われたら怒鳴り返したりして、そうなると善三さんは口がたたないから、黙ってしまうんです。

ふたりの仲、ですか。

夫婦喧嘩はしょっちゅうしてましたけど、そんなに悪くはなかったと思います。

だって、商売してたから。

善三さんがおときさんに不満があっても、おときさんが作るお菜がなければ、売りにいくものがないわけだし、おときさんだって、善三さんがいないと、売りに行ってくれる人がいないわけでしょう。

だから、どんなに争ってても、仲直りするしかなかったんだと思います。

もし、ちゃんとした料理茶屋を開けるようになったら、また違ったのかもしれないですけど。

ええ、おときさんは、いずれ茶屋か、一膳飯屋を開きたい、って言ってました。あの家にも、そのために移ったようなもので。土間には大きな釜もあるし、食事を出せるように、間口を広くとってあったんです。

おときさんは、店になったら、あたしもそのまま雇ってくれるって言ってました。

でも、もしそうなったら、善三さんの立場は弱くなっちまいますね。だって、もう売りに行くことがなくなるわけだから。だから最近じゃ意見も割れているようで、おときさんが怒ることのほうが多かったように思います。

それで、その日のことですけど――。

善三さんはいつも、朝から商売に出ていって、夕方の前に帰ってくるんですが、その日はどういうわけか、早かったんです。

あたしは気にとめませんでした。疲れたから、二階で昼寝でもするつもりなんだと思って。これまでにもそういうことがありましたから。

あたしは、朝の仕込みを終えて、奥で、えんどうのすじをむいてました。

おときさんは土間で煮炊きをしていました。おときさんは鍋の火かげんに気をつかうほうで、あたしはいたって邪魔になるだけだから、奥に引っ込んでいたんです。

で、それから、よく覚えてないんですけど……なんだか、思い出すと頭が痛くなって……。

悲鳴――あの叫び声だけは、耳に残っています。

あの悲鳴――善三さんの、それとも、おときさんのだったかしら……。

金きり声と、男のうめき声っていうか……いつもの夫婦喧嘩とは違った感じでした。

だって、おときさんは声も低いし、理を言いたてて問い詰めることはあったけど、悲鳴をあげるようなことはなかったから。

あたしはその声を聞いて、とにかく土間に行かなきゃ、って思って、でもどうしてか、金縛りみたいに足が動かなくて、それでもはいずるみたいにして、行ったんです。

そうしたら、土間の真ん中に、善三さんが倒れていて。

あたしはびっくりして、どうしてなんだろうって……。

善三さんは二階で昼寝をするんじゃなかったのかって。

血は、そんなに出てなかったと思います。なんでも胸をひと突きにされて、そのまま抜かなかったから、流れ出ることもなかったみたいで。あたしは、目を開けて眠っているんじゃないかって思いました。

そのときにはもう、悲鳴も何もなくって、ただ、ぐつぐつと、豆を煮る音だけがしていました。

おときさんを捜そうとしたけど、どこにもいないし、あたしはどうしたらいいのかわからなくなって。

とにかくびっくりして、外に出て、近所の人に、善三さんが、善三さんが、って訴え出たことだけを覚えています。

おときさんがどこに行ったのか、足音や、もみあう音は聞こえなかったのか。

善三さんが二階から降りたことに、どうして気づかなかったのか——。

あれからいろいろ聞かれましたけど、どうしても思い出せないんです。

思い出そうとすると頭が痛くなって、思い出していることも、とぎれとぎれになってしまって。ぜんぜんわからない。

おときさんの顔も忘れてしまいました。

まわりの人は、おときさんと善三さんが夫婦喧嘩をして、ついに、おときさんが善三さんをやっちまったんだって言ってますけど、それ本当なんでしょうか。

どうしても信じられないです。

善三さんは優しかったたし、おときさんだって、厳しかったけど、よくしてくれました。

あたし、どうして思い出せないんだろう。

あの悲鳴が聞こえてから、善三さんを見つけるまで、時間があったと思うんですけど。

先生、これ、病気なんでしょうか。

あたし、どうにかなってしまったんでしょうか——。


「そんな大事なことを忘れるなんざ、尋常じゃないね」

お蘭は言った。

あいかわらずつんとしていたが、ほっとしているようにも見えた。

さっきまでの、気をはっているようなところがなくなっている。

「珍しいが、ないこともない。なにしろ若い娘が、自分によくしてくれてた男の、死んだところを見ちまったんだ。美鈴はいまでもときおり頭が痛んで、夜中に汗びっしょりになって、飛び起きることがあるそうだ」

「ちゃんとした娘なのかい」

「近くの長屋で、おっかさんと妹と弟と、四人で暮らしているんだ。おとっつぁんが亡くなったんで働き口を探していたら、おときから、下ごしらえの手が足りないからと、声がかかった。料理の勘もよくて、豆の味も、おときは美鈴にだけは渡していたらしいね。しかし、それもすっかり忘れちまってる。もったいないことだ」

「いくら出刃包丁でも、女の手で、大きな男の胸は刺せないように思うけど」

善三は大きな男だって、己（オレ）は言ったかね――と守屋は尋ねてみようかと思ったが、もはやお蘭は開き直っているので、それも要らないと判断した。

「善三は大きな男だが、おときも女にしては負けず劣らずの力持ちでね。畑で力仕事もすれば、善三にかわって野菜を大八車で運ぶくらいはやってのけてた。美鈴は華奢（きゃしゃ）だからできないがね。最近じゃ夫婦喧嘩も絶えなかったっていうし、あれなら、亭主を殺（あや）めてもおかしくない、って近所は言ってる」

「気が動転しちまったのかもしれないですよ。善三はたちの悪い酔っ払いでしょう。おときが別れ話を持ち出して、善三は、そんなに言うんなら死ぬといって、自分で自分に包丁をつきつけて、うっかり刺しちまったのかもしれない。このままじゃどう考えてもおときのしわざってところで、向こうからは美鈴の足音が聞こえてくる。誰だって死罪にはなりたくないでしょうから、そのまま逃げてしまったんでしょうよ」

「己は、おときは賢い女だと思うね。女がそうそう逃げ切れるもんじゃないし、逃げたら自分がやったって言ったようなもんだ。それくらいはわかっていたと思うよ」

「その人その人の事情ってやつがあるんですよ」

「その、事情、ってやつに己は興味があるんだよ。さもなければ、美鈴だって安心して嫁に行けやしないだろうからね」

お蘭は首をまわして、守屋を見た。

「――嫁？」

守屋は杯を口に運びながら、うなずいた。

「最近になって決まったのさ。相手は駆け出しの大工だが、この件で落ち込んで、頭をかかえている美鈴を寺で見て、惚れこんだらしい。世間の荒波から守ってやりてえってね。なにしろ、生まれ育ちはともかく、心根が優しくて、器量はいい、働き者で料理はうまいって娘だからね。それで、嫁に行くまえに、なんとか忘れていることを思い出して、人殺しとのかかわりだけはきれいにしておきたいってんで、己に相談があったってわけだ」

お蘭は守屋をじっと見つめていた。

瞳にはふたたび、つきつめたような光が宿り始めている。

こういうときに、目を逸らすような女ではないのであった。

「――善三は、酷い男だったんだよ」

やがて、お蘭はぽつりと言った。

「美鈴によれば、優しい男だったって話だが」

「若い女には優しいのさ」

お蘭――おときは、つぶやくように、ゆっくりと言った。

「昔からそうだった。商いの先々で、女に手を出す。売り上げを博打で使う。それができなくなるから、店をやるのを渋っていたんだね。あたしは勘は悪かないから、そのことを責めるんだけど、そうなると酒を飲んでふて寝だ。調子だけはいい男だったが、人がいなくなると、怒鳴りっぱなしだったよ」

「別れりゃよかったのに、おときさん――」

守屋は言った。

おときは身じろぎしたが、否定しなかった。むしろ、本当の名前を懐かしむように、目を細めた。

「そう簡単にはいかないんだよ」

「商売してたからか。しかし、料理の腕の代わりはいないが、物売りの代わりならいたんじゃないかね。それとも、そんな男でも惚れていたのかい」

守屋は言った。

おときは、ふっと笑った。

「恩があったからね。善三はね——どうしようもない商いをしていたあたしを助け出して、世間に顔向けできるようにしてくれた男なんですよ」

酒がまわってきたのか、おときの顔がかすかに色づいている。それなのに首は白く、抜いてもいない襟のまわりの肌が陰って(かげ)みえる。

最初から、どこか陰のある女だと思った。それが色気になっている。

「——あんた、女郎だったのか」

おときは首をまわして守屋を見た。

「人聞きの悪い。あたしはずっと、茶屋の女ですよ。最初につとめた店がこんな、ちゃんとしたところじゃなかったってだけでね」

おときは言った。

声に怒りはない。媚(こび)もない。細面の顔に、黒目がちな瞳が光っている。

「そこで知りあって、いい仲になって、逃がしてくれたのが善三でね。あたしは料理ができたから、善三のためになんでもしてやろうと思って、煮豆を売ることを思いついた。酒は飲むし、ほかの女には手を出すしで、いやなところもあったけど、いいところもあったからね。でもあの日はつい、堪忍袋の緒が切れちまって」

「あの日に、何かあったのか？」

「美鈴に手を出そうとしたんだよ、あの馬鹿は」

おときは言った。

守屋は、眉を寄せた。

「美鈴に――」

「そう。珍しく昼に帰ってきて、何があったかと思ったら。あの日は美鈴は遅れてきて、叱ってやったんだけど。善三は美鈴を慰めているうちに、ふらっときたらしい。いそいそと帰ってきて、酒を飲んで、昼寝をするなんて言ったけど、目的はわかりきってる。あたしのことを、なめきってたんだね」

おときは目を細めた。

「そう思ったら、頭に来ちまってね。美鈴が気づいてないうちに、こっそりと善三を土間に呼び出して、何のつもりか訊いてやった。そうしたら、善三は、おまえみたいな商売女を嫁にもらったのが間違いだった、この先はおまえとは離縁して、もっと若い娘を嫁にもらうつもりだなんていうものだから、頭が真っ白になっちまって。かわいさ余って憎さ百倍とでも言うのかね。そこらにあった出刃包丁で、あの男の胸を刺したんだよ」

おときはたんたんと言った。

「美鈴はそのとき、どうしてたんだ」

「あの娘は奥の間で、あたしが頼んだ仕事をしてたよ。素直な娘だからね。善三を疑ってみることもないし、いっしんに仕事をして、あたしが来るなと言ったら、土間に顔を出すこともないんだ。でも、しばらくしたら、足音が聞こえてきた。善三が倒れる音を聞いたんだね。これはいけない、と思って、あたしは美鈴が来る前に逃げ出したのさ」

おときは、ふう、と大きく息をついた。

とっくりからまた酒を注ごうとしたが、空なのに気づいて、つまらなそうに杯を置く。

「それからは流されるまま――あたしは誰にも身元を話したことなんかなかったから、行く場所もわからないだろうしさ。ここは、あたしが茶屋にいたときの知り合いがやってるんだ。名前をかえて働きたいって言ったら、わけをきかずに雇ってくれた。このとおり、まあまあの店なんだけど、豆の味がいまひとつだったから、ついつい手を出しちまった。煮豆は得意なんだよ。まさかそれが、自分の墓穴を掘ることになるとはね」

「――なるほどね」

守屋は、つぶやいた。

おときは、守屋を見た。

すべて話して、どこか、せいせいしているようである。

「あたしは亭主を殺した女だよ。奉行所に連れていくかい、守屋さん。それなら、あんたについていくよ。いつか、こんな日が来ると思ってたんだ」

守屋は、首を振った。

「おときさん、あんたの気持ちはわかるが、嘘はいけない」

おときは、目を見開いた。

「嘘だって――」

「美鈴は全部、思い出したんだよ。おときさん」

守屋はゆっくりと口を開き、最後の杯の酒を、ぐいと飲み干した。

「美鈴が、思い出した……」

「そう」

守屋は、言った。

おときはぽかんとして、守屋を見ている。

「あんたの言ったことも全部は嘘じゃない。あの日、善三は商売から帰ってきて、奥の間にいた美鈴を手ごめにしようとしたんだろう」

酒はもうなくなっていた。守屋は箸をとって、最後の豆腐を口に放り込んだ。

「それは、そう言ったはずだよ。だからあたしは、そのことに気づいて、ことがおこるまえに善三を止めようとして――」

「そんなはずはない。あんたはあのとき、井戸端で水を汲んでいたんだから。豆を煮はじめてしばらくして、放っておいてよくなったら、あんたは水を汲みに行くんだってね。善三だってそれを知っていたから、わざわざ、あんたがいなくなるときを見はからって帰ってきたんだ」

守屋は箸を置くと、壁によりかかり、膝の上に腕を置いた。

「美鈴は襲われかけて悲鳴をあげた。はいずりながら土間に逃げるが、善三は力が強いから、逃げられっこない。美鈴は近くにあった出刃包丁で身を守ろうとする。おときは井戸端にいたが、悲鳴をきいて土間に駆け込んできて、とにかく美鈴を逃がそうとして、善三を羽交い絞めにする。善三はおときをふりほどこうとして暴れる。三人でもみあいになって、そのうち、美鈴の持った出刃包丁が善三の胸にぐさり」

「守屋さん、それは――」

おときは顔色を変えて言いかけたが、守屋は手で制して首を振った。

「あっけなく善三が床に倒れた。息はない。それがわかったとき、あんたは、美鈴に向かって、誰かに聞かれたら、あたしがやったってことにするんだよ、って言った」

「――そんなことがあるわけないじゃないか。亭主をほかの女に殺されて、罪をひっかぶる女房がいるものかね」

「それがいたのさ。あんたは、ふらふらになった美鈴の肩をゆすぶって、こう言い聞かせた。あんたは奥にずっといて、何も見なかった。いつもの夫婦喧嘩の声を聞いて、土間に行ったら、善三が倒れているのを見つけた、それだけなんだ、って。あと少ししたら、何も知らないふりをして、外に行って助けを求めろ。そのときにはあたしはもういないから。それだけしたら、全部忘れろってね」

守屋は、たんたんと言った。

「そして、美鈴はそのとおりにした。頭じゃ意味がわからなくても、心のほうは忠実に、言われたとおりのことだけを覚えていて、ほかのことはみんな忘れた、ってわけだ」

「――それ、美鈴が……言ったのかい」

おときは呆然(ぼうぜん)としていた。

「おおむねはそんなところだが、聞くまえから妙なところはあった。美鈴は悲鳴をきいたっていうが、あたりに聞きこんだら、それは美鈴の声だった。奥の間にはえんどうのすじがむきかけのまま、ばらばらとこぼれていたし、ぐつぐつと豆の煮える音がしてたっていうが、近所が駆け込んだときには、鍋は煮えすぎてからからになっていて、どう考えても時があわない」

おときは守屋を見つめて、言葉を失っている。どうしたらいいのかわからないようである。

守屋は哀れむようにおときを見て、言った。

「善三の酒癖、女癖の悪さは、みんな知ってたよ。あちこちでいざこざを起こして、あんたが尻拭(しりぬぐ)いしてたんだってね。知らないのは美鈴くらいなもんだ。あんたのことだって、朝から晩まで働いて、善三のような男に尽くして、悪く言うやつなんかどこにもいないよ」

「美鈴――美鈴の亭主になる男は、なんて言ってるんだ」

「惚れこんでるって言っただろう。男気のある男なんだ。美鈴は何も悪くない。安心しな」

おときの体から、力が抜けた。

下を向き、ひざの上で重ねた両の手を、握りしめている。料理人らしい、甲の厚い手である。

　美鈴も、同じ手を持っていた。

「おときさん。美鈴は、あんたの娘なんだろう」

　守屋は最後に、ひとつだけ確かめた。

　おときははっとしたように顔をあげ、最初のつっけんどんな声に戻って、そっぽを向いた。

「そんなことは、知らないね」

「隠しとおすつもりならそれでもいい。美鈴のおっかさんも、美鈴がもらいっ子だってことは、誰も知らない、って言っていたからね。でも、あんたと美鈴は、ところどころが似ているよ」

「あんないい娘が、あたしなんかの……」

　おときは言いかけて、唇を嚙み、黙り込んだ。

　じっと前を見つめていたが、やがてぽつりと口を開く。

「あんた、人が悪いね。守屋さん。最初から、みんな知っていたんだろう」

「万にひとつ、美鈴とあんたが口裏を合わせているんじゃないかと思ったものでね」

「そんな器用なことができるなら、苦労しないよ。あたしも、美鈴も」

「そうだな」

守屋は、かすかに笑った。

おときは着物の袖(そで)でぐいと目じりをふくと、立ち上がった。

「煮豆、食べていくかい。守屋さん」

「そりゃありがたい。評判を聞いてから、ずっと食べてみたかったんだ」

守屋は本物の笑顔になると、空になったとっくりを、膳の上に倒した。

西の連子窓から、夕方の光が射し始めていた。

桜餅は芝居小屋で

中島久枝

一

「あっ」

小萩(こはぎ)の手から丸いあん玉がこぼれ落ちて、床に転がった。

「すみません」

あわててあん玉を追いかける。おかみのお福(ふく)、娘婿(むこ)の徹次(てつじ)、一人息子の幹太(かんた)、職人の留助(とめすけ)と伊佐(いさ)の五人の目が自分の背中に集まっているような気がする。背中に汗をかきながら、あん玉を拾って捨てた。

「ちゃんと手を洗ってね。あんこを持っている時間が長いと、手の熱で砂糖が溶けてべたつくのよ」

おかみのお福に言われ、手を洗ってからもう一度、あん玉にとりかかる。

「これ、大きい。なんで秤(はかり)を使っているのに、こうなるかなぁ」

十四歳の幹太が見つけたぞといわんばかりにさっき丸めたあん玉を指差した。木の葉だろうが、糸くずだろうが動く物にはなんでもとびつくいたずら好きの若い猫みたいな子で、今のところ小萩は幹太の格好の標的である。

小萩は頬を染め、皿にのせたあん玉をひっこめ、目の前の天秤(てんびん)で計り直した。

「練習のときは、うまいのになぁ」

留助が慰めるように言い、

「焦らなくていいんだよ。ゆっくりでいいから、間違えないようにね」

お福がやさしい声で続けた。

嘉永二年（一八四九）の江戸日本橋。紺地に二十一屋と白く染め抜いたのれんを春の日差しが明るく照らしている。くわしや（かしや）だから九、四、八。足して二十一という洒落で、浮世小路の二十一屋といえば、日本橋でもちょっとは知られた見世である。のれんにはもうひとつ、牡丹の花が描かれていて、牡丹堂と呼ぶ人も多い。季節の生菓子、羊羹、最中もあるが、一番の人気は豆大福でいつも昼過ぎには売り切れてしまう。

十六歳の小萩がこの店で働き始めて三月。つきたてのお餅みたいにやわらかそうな頬に、黒い瞳と小さな丸い鼻。海辺の村でのんびり育った娘らしい、おおらかな顔立ちをしている。

最初の日の朝、小萩はみんなの手の動きに驚いた。あんに触れたと思うと、次の瞬間には丸い玉になっている。手の平の上で白い餅がくるりと回ったと思うと、もう大福の形になっている。徹次の筋張った指も、伊佐の骨ばって長い指も、お福の丸くて短い指、幹太のやわらかそうな細い指も休まず動き続け、そうして一時もしないうちに一日分の豆大福を仕上げてしまう。

「大丈夫。すぐ、慣れる」とお福にいわれた。

だが、小萩は三月めに入ってももたもたしている。

あんを丸めるのは、菓子屋の仕事の基本中の基本である。指先で重さを計り、手の平と指で形をつくる。その先に大福や饅頭などの包む作業があり、さらに上生菓子の高度な技へと続く。

朝ご飯の後、井戸端で洗い物をしていると職人の伊佐がやって来た。

「お前、目が悪いんじゃねぇのか。近目か？」

伊佐は浅黒い肌と強い目をした十八歳の職人だ。やせて背が高く、いつもまっすぐに立っている。小萩は伊佐を見ると、なんとなく端午の節句に飾る菖蒲の花を思い出してしまう。緑の葉は剣のように先がとがって細く、つぼみは空に向かってこぶしを振り上げたように伸びている。ぶっきらぼうな言い方をするので、最初は怒られているのかと思ったが、それが普通の言い方だった。

「そんなこと、ありません。目はいいです」

「じゃあ、あん玉落とすんじゃねぇよ」

「はい」

伊佐にじっと見られ、小萩は耳まで赤くなった。

仕事場から留助が丸い、人懐っこそうな顔を見せて言った。

「伊佐だってさ、おやじさんに『馬鹿野郎。あんは和菓子の魂だ』って怒鳴られたもんだ」

おやじさんとは主人の弥兵衛のことだ。仕事に厳しい菓子職人だったそうだが、八年前、娘婿の徹次に見世を譲ってからは、のんびりと魚釣りと将棋を楽しんでいる。

「だいたいがぶきっちょ（不器用）だよなぁ」

伊佐が言った。

手先は器用な方ではない。お針は苦手だった。姉のお鶴の運針は針目がそろってきれいだったが、小萩のものはよろよろとよろけていた。

「だいたい、なんでこの見世に来たの？　親元にいた方が楽だろう」

意地悪で聞いているのではない。心から不思議がっている顔だ。

「あの、それは……甘いものが好きだし」

「それだけ？　それでわざわざ鎌倉から来たの？」

小萩が口ごもると、「お江戸見物したかったんだよねぇ。若い娘はみんなそう思うよ。憧れだよ。華やかで、きれいで、面白いことがたくさんある」と留助が助け船を出した。三十に手が届こうという留助は訳知り顔である。

「そんなもんかなぁ。俺は一度も、そんな風に思ったことねぇな」

伊佐がいつものそっけない言い方をした。

小萩のふるさとは鎌倉のはずれの海辺の村で、家は街道を行く旅人を泊める旅籠(はたご)をしている。両親と祖父母、二歳上の姉のお鶴と四歳下の弟の時太郎(ときたろう)がいる。

小萩の姉のお鶴は近所でも評判の器量よしで、何でもよく出来るしっかりものだ。そして弟の時太郎は、おじいちゃんとおばあちゃんの宝物。だから間にはさまれた小萩は、いつも少し影が薄い。お針も算盤(そろばん)も姉にはかなわないし、弟のようにわがままが通るわけでもない。だから頑張る、意地を張る、その割には自分に自信がない。

その小萩が、夢中になったのがお菓子だった。いつだったか、知り合いが菊の姿の菓子を持って来てくれたことがある。きれいで、やわらかくて、甘かった。江戸にはこんな風な上等の菓子がいっぱいあると教えてくれた。

いつか江戸に行って、たくさんのお菓子を見たい。

ずっと言い続けていたら、母親の遠い親戚が、江戸で菓子屋をしていることが分かった。その見世で働かせてもらえないか。母親に言うと、「お前みたいなおっちょこちょいが江戸の見世で務まるものか」と叱る。祖父も父も大反対だった。

反対されることは予想していた。ここでひるんでいては、江戸など一生行かれない。小萩も、「お菓子を二つでも三つでも覚えてきて、うちの旅籠でも出したい。きっと飛ぶように売れる」と頑張った。

そのうちに母親の風向きが変わった。

「飽きっぽいあんたが、こんなに言うんだから、よっぽどのことなんだねぇ」

祖父母や父と相談し、一年だけ、この二十一屋で働くことが許された。

江戸の菓子屋で働ける、しかも天下の日本橋だ。

小萩は有頂天になった。

日本橋は小萩が想像していたよりも何倍も賑やかで、面白い場所だった。毎日がお祭りのように人がいっぱいで、騒々しい。おかしな格好をした飴売りが笛を吹けば、天秤棒をかついだ物売りが呼び声をかける。越後屋三井の前には流行りの髪型で美しい着物を着た女の人がいる。

小萩は時間があると大通りに立って、通り過ぎる人々を眺めた。そうすると、胸の奥を風がすうすう吹き抜けているような少し淋しく、頼りなく、それでいてすがすがしい不思議な気持ちになる。

「一年だぞ。一年過ぎたら戻るんだぞ」と念を押した父親や、「浮ついた気持ちでいたらいかん」と言った祖父の顔が頭をかすめる。

大丈夫、小萩は毎日、一生懸命やっています、そう心に刻んだ。

「お菓子が好きだからこの店に来ました。お菓子のことならなんでも覚えて、身につけたいんです」

「そうか。じゃあ、頑張りな」

伊佐は片頬をあげて笑った。


牡丹堂には毎朝、見世を開けるのを待ちかねたようにお客がやってくる。名物の豆大福に、おとついから桜餅が加わった。

おかみのお福といっしょに小萩は見世に立つ。五個、十個、二十個とお客の注文を受けてお勘定(かんじょう)をするのはお福で、小萩は言われた通り、折に入れたり、ひもをかけたりする。

お客が切れてわずかに手が空(す)いた時、隣の仕事場を見ると徹次と留助と伊佐が桜餅をつくっていた。

牡丹堂の桜餅は、薄紅色(うすべにいろ)に染めたやわらかな生地であん玉を巻き、塩漬けの桜の葉二枚ではさんだものだ。生地に餅粉を加えて、ふんわりとやわらかく仕上げているところが、人気のひみつである。

炭火に置いた鉄の板に伊佐が薄紅色の生地を細長く流す。火が入って白っぽくふくらむと徹次が竹串でひょいひょいとひっくり返し、ざるにとる。留助があん玉を芯にくるりと巻いて、桜の葉ではさんで出来上がり。

徹次が太い腕と大きな手を素早く、なめらかに動かす脇で、伊佐は真一文字に口をひき結び、真剣な様子で取り組んでいる。その後ろで留助が「まぁ、二人ともそう気張らねぇで、お平らかに」とでもいうように気楽な調子で働いている。桜餅ひとつつくるのにも、それぞれの性格が垣間見えて楽しい。思わず小萩の口元がゆるんだ。

「おはぎ、伊佐兄のこと見てたんだろう」

いつの間に来たのか、幹太が横に立っていた。幹太は小萩のことを、おはぎと呼ぶ。

「女の子はみんな、伊佐兄のことを見ると、ぽおっとなるんだ。お絹ちゃんなんか、伊佐兄の顔が見たくて毎日用もないのにやって来る」

幹太は小萩の仲良しのお絹の名前をあげた。お絹は隣の味噌問屋で働いている十七になる娘で、目が少し離れていて唇がぽってりと厚いところが、なんとなく金魚を思い起こさせる。留助に言わせると、美人じゃないが、男がちょっとからかいたくなる顔なのだそうだ。

「だけど、伊佐兄はだめだぜ。あいつは女嫌いだから」

幹太が分かったような口を利いた。

「別に、伊佐さんを見ていたわけじゃないです」

小萩はあわてて言った。伊佐は姿のいい男で、きれいな菓子をつくる。だが、他人を寄せ付けない頑なさがある。小萩は伊佐に憧れつつ、同時に少し怖いようにも感じていた。

「嘘つけぇ。ほら、赤くなってらぁ」と憎まれ口を利いて幹太はまたどこかに逃げていってしまった。

大福を売り切って少し見世が落ち着いた頃、呉服屋のおかみ冨江がやってきた。

「こんにちは。お福さん、いらっしゃる？」

冨江は四十を少し過ぎていて、黒々として豊かな髪と品のいい顔立ちをしている。遠目には無地に見える麻の葉模様の海老茶の着物に黄色の糸を散らした灰色の帯をしめていた。

冨江が見世にやってくるのは、お福に話を聞いてもらいたいときだ。お福も心得ていて、「おや、冨江さん、ちょうどいいところに来たよ。あたしも一休みしようと思っていたんだ」と奥の座敷に誘う。

そこは、牡丹堂の男たちが「お福さんの大奥」と呼んでいる三畳ほどの小部屋である。南向きで、障子越しに庭というには少々狭いが季節の花が見える。

小萩がお菓子とお茶を持っていくと、冨江は「ねぇ、聞いてくださる？　お景のことなんだけどね」と話し始めた。

川上屋は日本橋本町通りに見世を構える大きな呉服、太物屋である。二年前、息子の清太郎が老舗の海苔問屋の娘、お景を嫁に迎え、翌年には初孫の藤太郎ができた。

お景は目鼻立ちがはっきりとした美人で、すらりとして姿もよい。着飾ることが大好きだ。お景は自分好みの着物を見世で売りたいと言い出した。呉服、つまり絹織物は昔からいる番頭や手代が仕切っているが、太物と呼ばれる木綿の見世ならいいだろうということになった。木綿は茶や紺と色数が限られているし、糸が太いから柄も縞や格子が中心だ。だいたいが地味なのである。どうせ、若おかみの気まぐれで、すぐ飽きるだろうと周りはたかをくくっていた。

だが、お景は本気だった。

毎日見世に通い、棚の奥にある反物を引っ張り出し、次々と着物に仕立てた。それを自分で着て、町を歩き始めたのだ。

ある時は太い縞柄の着物に黒い帯を男のように結び、また別の日は白地に大きな梅の花を散らした着物に赤い半襟、鶯色の帯を合わせた。

大人たちに妙な格好と眉をひそめさせる一方、若い娘たちの心をつかんだ。とびっきりお洒落な人がいると噂が広がった。

小萩もお絹に誘われてお景を見に行った。

行き交う人でいっぱいの日本橋の通りを、お景は背筋をしゃんと伸ばし、まっすぐ前を見て歩いていた。人々はお景のために道を開け、振り返ってじろじろと眺める人もいた。

その日のお景は黒っぽい木綿の着物で襟元と袖口に真っ白な舶来のレエスをあしらい、深紅の帯をしめていた。歩くたびに見える着物の裏地は夏の海のような明るい青だった。

まだ肌寒い冬の日だったが、そこだけ暖かな陽が射しているように見えた。お絹はため息をついて眺めている。小萩は声も出なかった。お洒落をするとは、こういうことかと思った。

翌日、お絹は見世のお客からもらったと言ってレエスを髪飾りにしてきた。親指と人差し指を広げたぐらいの長さしかないので、髪に結ぶぐらいしか使えなかったのだ。

小萩はそのレエスに触らせてもらった。初めて触れるレエスはひらひらとした真っ白い細長い布で、向こうが透けて見えるほど薄く、波型の縁に沿って丸い小さな穴がいくつも連なっていた。髪につけると、薄い布はわずかな風に揺れて、お絹がとてもかわいらしく見えた。

小萩やお絹はそんな風に遠くから眺めているだけだが、もっと裕福な娘たちはお景と同じように装いたいと川上屋に押し寄せた。お景が新しい帯結びを考えるたび、お客が増えた。別珍やレエスといった舶来のめずらしい生地を端切れにして売り出すと、あっという間に売り切れた。

お景の薦める品物を太物の見世だけでなく、呉服の方でも扱うことになると、売り上げはさらに上がった。そうなると、息子の清太郎はもちろん、お景のすることを快く思っていなかった見世の者たちも、みんながお景さん、お景さんと頼りにするようになる。

それが、大おかみの冨江には面白くない。

小萩がお茶のお代わりを持っていくと、話は佳境に入ったところだった。

「だってね、あんな太い縞。上背があって柳腰だから似合うのよ。背が低い子なら余計に太って見えるでしょう。でも、平気なの。お客さんが欲しがっているからって薦めるの。『それは少し違うんじゃない?』って言葉が、もう、喉まで出かかったの。でもね、今、それを言っても、あの人には分からない。私が意地悪をしているようにとられちゃう」

「その通りだよ、冨江さん。よく、我慢した。あたしだったら、我慢できなかった。そこがあんたの偉いところだ」

お福が感心したように言った。

冨江は胸の内にためていたものを吐き出して、ほっとした様子になった。

「お福さんに聞いてもらって、よかった。こんなこと、見世の中では言えないじゃない」

「そうだねぇ。おかみさんがああ言ってた、こう言ってたって、すぐ広まるからねぇ。それをやったら、見世の中がばらばらになっちまう。人をまとめるっていうのは、つらいねぇ。もう一つ、お菓子、どうだい？　今日から桜餅を始めたんだよ」

「だめよ。この頃、私、お水飲んでも太っちゃうんだから」

「大丈夫、大丈夫。小さいのなら、どうってことないよ。小萩、じゃあ、いくつか、見繕(みつくろ)って持ってきておくれ」

お福がにこにこと笑顔で言う。目じりが下がったお福の目は笑うとさらに細くなり、口元にえくぼができて、かわいいお多福顔になる。だが、やさしげな表情とは裏腹に、筋を通す厳しさや商売人らしい負けん気の強さもある。生き馬の目を抜くといわれる江戸で長年おかみを張ってきた人だ。見かけは出来立ての大福餅のようにやわらかいが、その中心には揺るぎない芯がある。小萩はお福のそんなところも好きだった。

仕事場に行くと、徹次が出来たばかりの桜餅を菓子盆にのせながら、たずねた。

「二人で何の話をしている？　今年の歌舞伎の話は出ているのか？」

徹次が気にしているのは、毎年、川上屋が上得意を歌舞伎に招待する時の菓子のことだ。贔屓の役者を見るためにお洒落して出かけ、豪華な弁当に甘いもの、仲良しとのおしゃべりと、女の楽しみはこれに尽きるというような日である。

招待客は五十人で、仕出し弁当は三松屋製。そこに桜餅が二個入って、それとは別にお土産用に折がつく。

菓子は毎年、二十一屋の桜餅と決まっていたのだが、その注文がまだない。

五日後に迫っているから、もうとっくに話があってもいいはずだ。

徹次が川上屋の番頭にそれとなくたずねたところ、お景が京菓子司の東野若紫に頼んだのではと答えた。

それはまずい。徹次は焦った。

ほかはともかく、東野若紫だけは困る。徹次が、いやこの二十一屋が絶対に負けたくない、仇敵なのである。

東野若紫は日本橋南通りにある大店で、足利将軍の頃、京で創業し、宮中へのお出入りを許されている名店だ。十五代目当主である長男は京都の本店を仕切り、弟の近衛門が江戸にやって来た。

歴史だの、見世の格だのを言ったら、二十一屋はおろか、江戸中の菓子屋が束になってかかってもかなわない。それは仕方がないが、嫌なのは近衛門がそれを鼻にかけることだ。

近衛門は馬面の大男だ。顔の真ん中に大きい鼻があり、薄い眉と意地の悪そうな三白眼をしている。近衛門は江戸の物はなんでも馬鹿にする。京都が一番、二番も三番もなくて、ずずっと下がって江戸がある。江戸の菓子、江戸の街並み、江戸の人、江戸そのものを下に見ているらしい。それが気に入らないのが、この二十一屋の徹次である。

ことあるごとにぶつかり、顔を合わせれば言い合いになる。

江戸っ子同士の口喧嘩なら、丁々発止とやりあって威勢がいいが、近衛門は都人である。ぬらり、くらりとなまずのようにつかみどころがなく、褒めているようでけなし、へりくだっているようで自慢をする。そもそも頭の構造が違うらしい。竹を割ったような江戸っ子で、よく言えば表裏のない、悪く言えば単純な方の徹次は分が悪い。

「いいか。今年の桜餅は餅粉を多くしたから、いつもよりふんわりと口どけがいいですよ。お芝居見物にお薦めですと言うんだぞ」

徹次は念を押した。

結局、冨江は桜餅については何も言わずに帰って行った。

徹次は気を取り直したように、かまどに火を入れ、銅鍋をかけた。

「幹太、小萩、あんこを炊くぞぉ」

小萩は洗い物を大急ぎで終わらせ、かまどの傍に立った。遅れて幹太がふてくされたようにやって来た。

あんは見世の顔。和菓子屋の魂。おいしいあんが炊けなければ、職人とはいえない。

徹次は朝つくっておいた「呉」を取り出した。呉というのは、煮あげた豆をこして皮を取り除いたものだ。二十一屋の呉は目の粗いこしきから始めて、順に細かいものを通し、小さな皮のかけらも取り除いている。

鍋に呉、水、砂糖を加え、木べらでかき混ぜる。

鍋から湯気が立ち上り、やがてふつふつと煮立ち始めた。徹次が大きな木べらを使い、底の方からかき混ぜる。

「やってみるか？」

徹次に言われて、小萩は木べらを持った。鍋は大きく、あんは重い。

「腕で回すんじゃない。体を使え」

徹次が言う。

「だめだよ、そんなんじゃ。焦げちまう」

幹太が小萩の手からへらを取り上げた。細いようでも男の子だ。へらはすべるように動きだした。

女は仕事場に入れないという見世が多い中、徹次は小萩にもちゃんと仕事を教えてくれる。それは亡くなった徹次の妻、幹太の母親であったお葉という人が、仕事場に立っていたかららしい。

「せっかく、ここに一年いるんだ。いろんなことを覚えて帰れ」

最初の日、徹次は小萩にそう言った。

「小萩は不器用なところがいい。不器用な人間はちゃんと稽古をする。すぐに何でも出来て、分かったような顔をする奴の方が危ない」

しばらくすると、そうも言われた。

すぐに何でも出来るというのは、どうやら幹太のことを言っているらしい。幹太は何事によらず飲み込みが早く、要領がいい。十四歳というのに、上生菓子も一通りこなす。だから、菓子屋の仕事を少し甘く見ている。それを徹次は心配しているのだ。

「いいか。二十一屋のあんの呉と砂糖の割は決まっている。だけど、煮え方はその日、その日で違ってくるから、結局は自分の体で覚えるしかないんだ。へらにかかる重さ、ぐつぐついう音、浮かんでくる泡の具合、そういうものを目で見て、耳で聞いて、腕で感じる。それは言葉じゃ教えられねぇ。自分で分かるしかない」

徹次は幹太と小萩に噛んで含めるように言う。

「いずれは幹太がこの見世を仕切るようになるだろう。その時、幹太、お前の頭の中には、目指す味ってものがなくちゃならない。それがないと、舵（かじ）のない舟みたいにあっち行ったり、こっち行ったりする。どういうあんこをつくりたいのか、それを知るのも大事なことだ」

「子供の頃から食べてるんだから、うちの見世の味は目をつぶっていても分からい」

幹太が頬をふくらませた。

「そうだな。でも、もっと鍛えた方がいい」

「この人は？」

幹太は小萩を肘（ひじ）でつつく。

「小萩は舌がいい。きっとおっかさんが料理上手なんだな」

褒められて小萩はどぎまぎした。

小萩は通いの女中のお貞（さだ）といっしょにお勝手仕事もしているが、小萩がつくった方がおいしいと味付けをするようになった。

「いいか。菓子の仕事は繰り返し、繰り返し、嫌ってほど繰り返して体にたたき込むんだ。二人とも分かったか?」

徹次に言われて、小萩は「はい」と大きな声で返事をした。隣の幹太が小さな声で続いた。

二

夕方、川上屋の冨江がやって来た。

「お福さん、いらっしゃるかしら?」

「今、ちょっと外に出ています」

小萩が答えると、

「そうお? じゃあ、待たせてもらおうかしら。やっぱり、お福さんに直接話をしたいから」と言う。

「奥でお待ちになりますか?」

「ううん。いいわ、ここで」

冨江の表情が心なしか固い。

どうやら例の桜餅の話らしい。それも、いい返事ではなさそうだ。

「すぐ戻ると思いますから、こちらへどうぞ」と床几をすすめ、仕事場に行くと徹次が仁王立ちになっていた。何か言いたそうにしている視線を避けるようにお茶をいれて、冨江のところに持って行った。その足で外に出て、お福を探すと、近くのお稲荷さんでお福を見つけた。

見世に戻ったお福の顔を見るなり、冨江は立ち上がって頭を下げた。

「お福さん、ごめんなさい」

「おやまぁ」とお福が言ったのと、仕事場で「がたり」という大きな音がしたのは同時だった。徹次が手にした木型を落としたのである。

今年の桜餅は東野若紫が請け負った。

お景は江戸生まれの江戸育ちのくせに、京好みである。本当は弁当も京風にしたかったらしいが、それは冨江が仕切っていたので納得した。冨江はお菓子も含んで「弁当」と言ったつもりだったが、お景はそうはとらなかった。お菓子は自分の好きにさせてもらうと、東野若紫に注文を出した。

「そうかい。それじゃあ、仕方がない」

お福がおっとりとした調子で言った。

「だって、毎年、お菓子はお宅の桜餅って決めていて、みんな楽しみにしているのよ。それを相談もなく。あら、お姑様、桜餅は京風の方がもちもちして、おいしいでしょう、ですって。しかも、あの東野若紫でしょう。もう、悔しくて私、涙が出たわ」

冨江は、「あの東野若紫」というところに力を入れた。

「いいんだよ。うちのことは気にしないで。桜餅ひとつでお嫁さんともめたりしたら、馬鹿ばかしいよ」

そう言って、お福は冨江をとりなした。

小萩が見世の表を掃いていると、徹次が出て来た。力が抜けたような顔をしている。

「そんなことじゃねぇかとは、思っていたんだけどよ」

誰にともなく小さな声でつぶやいている。

「ま、いいさ。たまには、そんなこともあらあね」

その時、向こうからやってくる人が見えた。上背のある大きな体を偉そうにそらしている。のっぺりとした馬面の三白眼。東野若紫の当主、岩淵近衛門である。

「いやぁ、ご無沙汰しとります。相変わらずのご繁盛でよろしおすなぁ」

近衛門は見え透いたお世辞を言った。

「川上屋さんの桜餅、今年はあんたのところを使うんだって？」

徹次は「今年は」のところに力を入れて言った。

「あちらはんの若おかみが、なんやしらん、うちとこの菓子をえらい気に入ってくれはりまして。いっつも、おうちのほうで誂（あつら）えたはるて聞いてましたよって、お断りしよ思てたんやけど、ぜひにと言うてくれはるもんやから」

「まぁ。川上屋さんがそう言うなら、こっちでとやかく言う筋合いじゃねぇんでね。しかし、まぁ、桜餅と言ったらやっぱり江戸が本場。長命寺（ちょうめいじ）の桜餅が始まりさ」

徹次が言った。

桜餅は百年ほど前、江戸向島（むこうじま）、隅田川堤（つつみ）近くの長命寺の門番が、近くの桜の葉を利用して売り出したのが最初と伝えられる。文化文政年間には大評判になって錦絵にも描かれた。江戸では知らぬ者のない菓子だったのだ。

その途端、近衛門の目が待ってましたというように光った。

「桜餅なら、うちとこのひいひいじいさんが太閤（たいこう）はんの時代から作らしてもろてましたんえ」

この日、徹次は少々頭に血が上っていたのだろう。近衛門がなんでも自分の見世の発明だと言い張ることをすっかり忘れていた。

「あんたはんも知ったはりますやろ、京の桜餅は道明寺粉というもち米の粉を使うんですわ。大坂の道明寺でつくられたからこの名前がありますねん」

道明寺は菅原道真のおばの覚寿尼がいた寺で、供物にしたご飯のおさがりを近しい人たちに渡したところ、病気が治ったなどと評判になり、もち米を干して糒をつくり、人々に分けるようになった。これが道明寺粉の始まりと言われる。道明寺は太閤秀吉ゆかりの寺でもある。

「白いままであんこ玉をくるんで、椿の葉を添えた椿餅というのが、昔からあったそうやけど、うちの先祖が薄紅色に染めて桜餅いう名前にした。桜のきれいな季節に、高台寺にいはったおね様にお届けしたらそらもう、えらい喜んでくれはって、それから毎年つくらしてもろて、だんだんよそさんでも、同じようなものをつくらはるようになって、京大坂は桜餅というたら道明寺粉を使うことになってますねん」

どこまで本当の話なのか分からないが、近衛門はつらつらとよどみなく話す。

「そうそう。江戸の桜餅の皮やけど、あれも、都にもともとあるもんや。侘茶をつくらはった千利休はんは、『麩の焼き』という菓子で客人をもてなしたはった。それとよう似てますな。いや、まったく同じと言ってもええ」

もう、こうなると、徹次は言葉をはさむ余地もない。

江戸っ子が自慢する美味(びみ)は、どれももと京にあったもので猿真似でしかない。京には千年の昔から帝(みかど)がいらしたが、江戸の歴史はたかだか二百五十年。一面の芦原の水を抜いてつくった町ではないか。格が違う、格が——と近衛門の顔に書いてある。

徹次の目が三角になった。「てやんでぃ、相変わらず口の減らねぇ野郎だ。おととい来やがれ」とのどまで出かかった言葉をぐっと飲み込んでいるらしい。

見世の中では、お福がそのやり取りを悔しそうな顔で聞いていた。小萩も、幹太も伊佐も留助も仕事の手を止め、うつむいた。戻ってきた徹次は何も言わず、木べらを手にした。

悔しくて腹立たしい、いらいら、もやもやとした気分が仕事場を覆(おお)った。

突然、裏口の戸ががらりと開いて、弥兵衛が顔をのぞかせた。手には釣り竿、腰にはびくを下げている。

「おう、今日はよく釣れた。あんまり釣れるんで、帰れなくなっちまった。おい。どうした？　なんかあったか」

場違いな明るい声に、お福はきっと顔をあげて、弥兵衛をにらんだ。

「弥兵衛さんは……、お前さんは……」

どんどんと大きな音をたてて土間(どま)をふんだ。

「どうして、いっつも大事なときにいないんだよ」

弥兵衛の顔がみるみる曇る。

何か言いかけたがお福は耳を貸さず、小萩の手をとると、「ちょっと出かけるから」と言って、外に飛び出した。

お福は小萩の手をぐいぐいと引っ張って速足で進む。日本橋の北橋詰(きたはしづめ)まで来ると、さすがに息が切れたのか、ゆっくりになった。

「ああ。まったく。しょうもないねぇ。また、弥兵衛さんに当たっちまったよ」

お福が言った。

「旦那さん、なぜ、おかみさんに怒られたのかも分からなかったと思います。困ったような、悲しいような顔をしていましたよ」

「あの人はいつも、そういう顔をするんだ」

お福はいつもの穏やかな顔に戻って小萩を茶店に誘い、団子を注文した。

団子は竹串に刺して炭火で軽く炙(あぶ)り、ぷっとふくらんで焦げ目がついたところを醤油と砂糖のたれを入れた壺にどぼりと漬けたものだ。あまじょっぱいたれがたっぷりかかった団子は、ほの温かく、しこしことした歯応えがあった。番茶は出がらしで、お湯に色がついただけのようなものだったが、近衛門に言われていらだった気持ちがすうっと消えていくようだった。

「だけど、二十一屋と東野若紫はどうしてあんなに仲が悪いんですか？　昔、何かあったんですか？」

小萩がたずねた。

「古い話だよ」

お福が遠くを見る目になった。視線の先を追うと、二人の兄弟らしい男の子を連れた若い母親がいた。兄の方は十歳、弟は五、六歳か。弟が甘えた様子で母親にまとわりつき、何かねだっているらしい。兄が弟をたしなめている。

お福は放心したように、しばらく三人の姿を眺めていたが、ふと小萩の方を向くと言った。

「八年前に、娘のお葉が亡くなったことは聞いているね。暮れで忙しくて無理をしていたんだろう。突然倒れて、そのまんま。うちで預かっていた伊佐は十歳、幹太はまだ六歳だった。子供らもいて、家の仕事をして大変なはずだったのに、どうして気遣ってやれなかったんだ。私も弥兵衛さんも自分を責めた」

一番、堪えたのは徹次だった。すでに見世の主として切り盛りしていたが、自分は一介の職人に戻る、弥兵衛にもう一度主人になってほしいと言い出した。

「なにを馬鹿なことを言っているんだ。あんたは幹太の父親で、今は立派にこの見世の主だ。二十一屋の大黒柱なんだよって言ったんだ。半年ほどして、ようやくみんなが元気を取り戻した頃、曙のれん会に入らないかと誘われたんだ」

　曙のれん会というのは江戸の有力な菓子屋の寄り合いで、この会に名を連ねると一流と認められる。弥兵衛が昔修業した船井屋本店の主人が推薦人になってくれるというのだ。

「ありがたいことだと、私たちは喜んだ。東野若紫は前の年に会員になったばかりで、話を聞きつけて近衛門が見世を訪ねてきた。徹次さんと近衛門は年も近い。徹次さんが京菓子のことを知りたいと言えば、近衛門も江戸に来たばかりだからいろいろ教えてほしいという。向こうが立派な料理屋に招待してくれたから、お返しにこっちでも呼んだ。京には、うちみたいに職人が主をしている菓子屋がいくつもあるんだ。とびっきり腕のいい職人が見世を出すわけだから、そういう見世は茶人も通う。そんなことを言われて、徹次さんはすっかりうれしくなって、いい人だ、いい人だって言っていた」

　やがて、曙のれん会の総会が開かれた。

「てっきり、うちも入れると思っていた。でも、駄目だった。後で聞いたら一番反対したのは東野若紫だったそうだ。あそこは『ろおじ』の見世だからって」

　ろおじという言葉が分からなかったので、お福は京で暮らしたことがあるという染物屋の主人にたずねた。染物屋の主人は顔色を変えた。

「おかみさん、それは怒った方がいいですよ。ろおじというのは、路地のことですよ。家の間を抜ける道で、両手を広げたらつっかえそうなくらい細くて、染物、織物、組みひもなんかの小さな工房がある。そんな裏道の見世だって馬鹿にしてるんです。浮世小路は路地じゃないし、お宅は立派な見世構えだ」

お福は指が白くなるほど、こぶしを強く握った。

「近衛門のやつ、最初から反対するつもりだったんだよ。それなら、ほっといてくれたらよかったのに。親しげな顔をして近づいて、いいことばっかり言って泥足で踏みつけた。あいつはお腹(なか)の中で、あたしたちのことを馬鹿にしていたんだ」

小萩は近衛門の馬面と意地の悪そうな三白眼を思い出した。

「だけど、どうして東野若紫はそんなこと、しなくちゃならないんですか？　向こうはお見世も大きいし、歴史もあるし、別に気にすることもないですよね」

「はは。そうだよねぇ。そこがあの男の肝っ玉の小さいところさ」

お福は声を出して笑った。

表通りにある東野若紫の見世は京風の格子のある立派な造りで、職人も十人以上いる。近衛門は職人たちに指図(さしず)をするが、自分は仕事場には立たない。扱うのも上生菓子や羊羹などの茶席菓子や贈答品が主で、普段は豆大福や餅菓子はつくらない。

一から十まで二十一屋とは違う。

東野若紫からしたら、二十一屋は取るに足らない見世だろう。

「ある人に言われたんだ。お宅は小さくて、歴史がない。なのに、ここまで昇ってきた。それが怖いんだよって」

近衛門は自分で菓子をつくらない。いや、つくれない。古くからいる腕のいい職人を京から連れて来て、その男に仕事場を任せている。近衛門自身は菓子については何も分かっていないらしい。

「それだって、東野若紫の息子だからね。子供のころからえばって暮らしてきたんだよ。とにかく、あっちが先に仕掛けてきたんだ。こっちも負けてばっかりはいらんないよ」

そんな風にして話はこじれ、ああ言えば、こう言い返す、顔を見ればいがみ合う仲になってしまったのだ。

「さ、じゃあ、ちょこっと行ってみるかい」

「どこへですか?」

「勘が悪いねぇ。決まっているじゃないか。川上屋だよ」

お福は立ち上がった。

川上屋は瓦屋根に白壁の土蔵造りに藍ののれんがかかった大きな見世である。お福と小萩が川上屋ののれんをぐると、古株の番頭が目ざとく見つけて駆け寄ってきた。

「これは、これは、牡丹堂のおかみさん、いつもありがとうございます。今日は何か、お探しで？」

桜餅の一件を知っているのか、知らないのか、ていねいな挨拶である。

「私の古い着物があったから仕立て直してこの子にやろうと思うんだけど、あんまりお古ばかりじゃかわいそうだから、半襟でも見立ててやろうかと思って」

お福はすらすらと口にする。

「さすがですねぇ。なかなか、そんな風に見世の子にまで心配りをなさるところはありませんよ」

手代を呼んで伝えると、手代はすぐさま色とりどりの半襟を目の前に広げた。反物を見るならば見世にあがるが、小物ならば小上がりに腰をかけたので十分だ。半襟を見るふりをして、見世の端から端、奥の方まですいっと目をやる。

若い娘から年増、男のお客もいて、見世は大繁盛である。一人で来るお客はまれで、娘盛りの姉妹を前に母親が手代と晴れ着の相談をしているらしいところがあれば、女房が亭主の着物を見立てているところもある。

明るい笑い声がおこって、そちらに目をやると、商家の嫁と思われる一団がいた。中心には誰よりも華やかに着飾ったお景がいた。青とも紫ともいえない色で芙蓉の花を描き、銀色が混じった黒い帯を背中いっぱいに広がるように大きく結っている。その脇には、お景と同じような髪型、髪飾り、よく似た色合いの着物を着た娘が三人。そこだけ光が当たっているように華やいでいる。

「きれいだねぇ。ああいう柄が当世の流行りなのかい？」

お福が無邪気な様子でたずねる。

「ええ。錦絵によく似た柄がありまして、こちらでもいくつか染めさせていただきました」

「みんなそっくりで、誰が誰だか、見分けがつかないよ」

お福の言葉に番頭が渋い顔をした。

「この頃、若おかみとそっくり同じものをとおっしゃるお客様が多いんです」

「そういうことかい。ご商売繁盛でよろしいこと」

今日のお福は言葉にとげがある。

見世を出ると、女たちの話が聞こえてきた。仲良しが集まって川上屋で着物を見て、帰るところらしい。

「素敵ねぇ。お景さん。憧れちゃう」

「雪ちゃん、あの着物、すごくよく似合っていたわよ。買うの？」

「どうしよう。また、おっかさんに叱られちゃう」

「でも、買うんでしょう。帯も着物も全部、一揃い」

「そうよ。両方買わなかったら、だめよ。意味ない」

「分かってるってば。仕方ない。決めた」

笑い声が起こった。

着物一枚に帯三本という。同じ着物でも、帯を変えることによって表情が変わるという意味だ。だから、今までは「ほかの帯にも合わせやすいですよ」と薦めてきた。

だが、お景の売り方は反対だ。この着物にはこの帯と決まっている。それ以外には使えない。一分の隙もない装いだが、その分個性も強くて人の記憶に残るから、何度も同じものを着ることは出来ない。

だが、それでもいい。今、その着物と帯を身につけたいというのが流行というものだ。

最初は若おかみの気まぐれだと侮っていた川上屋の人々も、お景にお客が集まるようになると見方を変えた。

最初はレエスの半襟や華やかな帯結びに眉をひそめていた人たちも、素敵だと言い、真似するようになった。気がつけばお景は周りを味方につけ、川上屋に欠かせない人となっている。

それがはっきり示されたのが、桜餅だ。

冨江が牡丹堂がいいと言い、お景が東野若紫を推した。

結局、東野若紫に決まったということは、お菓子だけとはいえ、お景が冨江の意見を差し置いて自分を通したということだ。

奉公人は見世の中の力関係に敏感だ。早晩、態度に表れるだろう。

だから、冨江は腹立たしい。捨て置けないと思う。

つまり、これは桜餅ひとつのことではない。

まさに桜餅こそ、譲れないのだ。

「小萩、あんた、あの着物、どう思った？　着てみたいかい？」

大通りに出るとお福は立ち止まり、たずねた。

「素敵でした。着てみたいと思いました」

小萩は素直に答えた。

「へえ。あの、かまきりが鎌を持ちあげたような帯結びもいいと思ったのかい？」

「変わっているけれど、あの着物と帯には合っていました」

「じゃあ、あの襟につけたひろひろした布は？」

「レエスですよね。顔がきれいに見えます」

「ふうん。若い子の考えることは分からないねぇ」

目の前を野菜を背負った行商人や旅人らしい男や二本差しの侍が通り過ぎていく。ほとんどが枯れ葉のような色で、お景のようなお洒落な人は一人もいない。

お福は言った。

「でも、あたしもお景さんを認めてないわけじゃないよ。周りがなんと言おうと、あの子は自分がいいと思ったものを信じた。胸をはってその格好でここを歩いた。江戸で生きるというのは、そういうことだ。自分はこう思う、こうしたいと大きな声を出して、前に進む。だから道が開ける」

三十五年前、弥兵衛と二人で二十一屋を始めた。後ろ盾があったわけではない。無我夢中でやってきたという。

「小萩は何がやりたいんだい。そのために江戸に来たんだろう？」

「お菓子が好きで、お菓子のことをもっと知りたいと思って」

「知りたいっていうのは、どういうことだい？　菓子屋がやりたいのかい？」

「いえ、そこまでは……」

「一年なんて、あっという間だよ。うかうかしているうちに終わっちまう」

お福は困ったもんだというように小萩の顔をながめた。

「行先が大事なんだよ。行先が決まっていれば、いつかはそこにたどり着く。山のてっぺんまで行かれなくても、景色はみられる。だけど、それが分かっていないと、他人に流されるだけだ」

自分は何をしに江戸に来たのだろう。どういう風になりたいのだろう。人の流れの中を胸をはって、さっそうと歩くお景の姿が目に浮かんだ。

「これが私だって胸をはって言えるようになりたいんです。どこそこの家の娘とか、お鶴ちゃんの妹とか、時太郎の姉ちゃんじゃなくて、私は私。小萩と呼ばれたい」

「なるほどね。私は私か。頑張りな」

お福は小萩の背中をたたいた。

見世に戻ると、弥兵衛の姿はなく、伊佐が台所で魚をさばいていた。

「煮つけにして晩飯にするから、小萩も手伝え」

「旦那さんは」

「魚だけおいて出て行った。いつもの所だろう」

行きつけの居酒屋、伊勢銀（いせぎん）のことだ。

「おかみさんに叱られたからね、しょげちゃったんだ」

留助が顔をのぞかせて言った。

「おかみさんが、大事な時にお前さんはいない、って言ってただろう。旦那はあれを言われると弱いんだ。青菜に塩」

支度ができても弥兵衛は戻ってこなかった。

みんなはいつものように台所の脇の板の間に並んでご飯を食べた。弥兵衛の場所は空いていて、その脇に徹次、幹太、使用人は年の順に留助、伊佐と来て、手前にお福と小萩の場所がある。立ったり座ったりするから、女の席は台所に近い。

徹次と留助、伊佐は夜の仕事があるから、かき込むようにしてすぐに席を立つ。小萩がお茶をいれるのに手間取って戻ってきたら、三人の姿はなく幹太だけがおいしくもなさそうにご飯を食べていた

お福が「あんたも、早く行きなさい」と言いたげに幹太の顔をちろっとみて、席を立った。幹太は、わざとのようにゆっくり茶を飲んでいる。

「おはぎ、今日の魚はしょっぱい」

「味付けしたのは、伊佐さんです」

「伊佐兄はいつもしょっぱいんだ。小萩の味がいい。どうして、伊佐兄にちゃんと言ってくれないんだよ。なんだかんだ言って、小萩もやっぱり伊佐兄の言いなりだ」

「別に言いなりになったわけじゃないです」

伊佐の名前が出て、小萩は顔が赤くなった。

幹太はなんでも遊び道具にしてしまう子猫みたいな子だ。爪はとがって鋭く、加減が分からないから引っかかれると痛い。

小萩は幹太にかまわず食器を洗い、そこらをちゃちゃっとふいて仕事場に行った。

「旦那さんを迎えに行ってくれねぇか」

徹次が言った。

「私がですかぁ」

「男が行くより、女が行った方がいいだろう。そうか、夜道か。伊佐、ついていってやれ」

伊佐がちらりと小萩を見る。

「いや、いいです。近くだし、一人で行けますから」

「旦那が酔ってるかもしれないからな。伊佐、頼む」

小萩が提灯（ちょうちん）を持って見世を出ると、伊佐も続いて出て来た。半月が夜道を照らして、人通りはあまりない。空を見上げると、薄い雲が月にかかって朧（おぼろ）に見えた。春先の寒いような暖かいような、頼りない風が思い出したように吹いてくる。

小萩は伊佐と少し離れて歩いていた。伊佐は姿のいい男だ。通りを歩くと、若い娘が振り返って眺める。隣の味噌問屋で働くお絹はあれこれと伊佐の噂をする。だが、小萩はそんな風な軽い気持ちで伊佐を眺めてはいけないと思っている。小萩は伊佐のつくる菓子が大好きだが、伊佐には人を寄せ付けない、どこかひやりとするような冷たさがある。

伊佐は端午の節句に飾る菖蒲のような男だ。剣の形の細い葉はまっすぐに伸びて、つぼみは固いこぶしのように天に向かっている。小萩が伊佐に対して浮ついた気持ちを持てばたちまち見透かされ、叱られそうだ。

ずっと黙っているのも気づまりなので、小萩は伊佐に話しかけた。

「さっき、伊佐さんたちがつくっていたのは、何のお菓子なんですか？」

「花筏(はないかだ)って菓銘(かめい)だ。川に桜の花びらが散るだろう。それが切り出した材木を下流に運ぶ筏みたいに連なって見える。そんな風景を描いたものだ」

「角がぴしっと決まって濁りがない色で、とってもきれいでした」

「そうか。桜が咲き始めたら、見世に出そうかと親方と話をしていたんだ」

それで話は終わってしまった。

小萩はまた少し気づまりを感じた。こんな時、お絹がいてくれたらなぁと思う。お絹はおしゃべりが上手で、いつも面白い話をする。伊佐もお絹がいると少しだけ口数が多くなる。

「お隣のお絹ちゃんが、明日、桜餅を買いに来るそうです」

「売り切れるといけないから、数が分かったら教えてくれと伝えてくれ。とっておいてやるよ」

「言っておきます。喜びます。お絹ちゃんは、うちの桜餅が大好きなんだそうです」

「あの子は甘い物なら、なんでも大好きなんじゃないのか。いつも、お菓子の話をしているじゃないか」

「女の人のおしゃべりは、だいたいそういうものですよ」

「ふうん」

男だって同じようなものだ。話し好きの留助は、いつも徹次や弥兵衛とたわいもない話で笑っている。

「女のことはよく分からない」

「そうですか。男兄弟だったんですね」

伊佐は答えない。小萩が別の話をしようとしたとき、突然言った。

「兄弟はいない。おやじの行方が分からなくなって、その後、お袋は男をつくって出て行った。俺は何にも知らず、何日も家でお袋の帰りを待っていた。七歳の時だった」

小萩はびっくりして言葉に詰まった。

伊佐は見たこともないような暗い目をしている。

「普段通りの顔をして、ちょっと出てくるからと言って俺をおいて、そのまま戻らない。その間、俺がどうしているのか、心配にはならなかったのか、そもそも母親にそんなことが出来るものなのか、いくら考えても分からない。近所の人が来た時、俺は家で倒れていた。水も飲まなかったから体が弱ってたんだ。その人がたまたま旦那と知り合いで、その縁で二十一屋が引き取ってくれた」

「そう……。知らなかった。……ごめんなさい」

「別に謝ることじゃねぇ」

やはり伊佐は空に向かってまっすぐ伸びている菖蒲だった。葉は細くとがって、指が触れたらすぱりと切れそうだ。

「初めて見世に来た時、亡くなったお葉さんに言われた。幹太の兄さんになってやってくれって。それから幹太さんといっしょの部屋で寝起きして、風呂にもいっしょに行った。幹太さんも俺になついて、お葉さんは、俺を本当の自分の子供のように育ててくれた」

だが、その三年後、お葉は突然亡くなる。伊佐が十歳の時だった。

「俺が大事に思っている人は、みんなどっかに行っちまうんだな」

ている。

「そんなこと、ないと思います」

伊佐がちろりと小萩を見た。口先だけで、いい加減なことを言うなという顔をしている。

小萩はうつむいた。

ちゃんと両親がいて、祖父母も姉弟もいて、大事に守られている小萩に、突然母親に去られた伊佐の悲しみは分からない。二十一屋に来て、ようやく家庭の味を知ったような気がしていたら、母親と思っていた人に死なれてしまった時の絶望も想像できない。

小萩は自分の世間知らずが悲しくなった。

「だから、もう誰ともあまり親しくなりたくねえんだ」

「そんな淋しいこと、思ったらだめですよ」

それは本当の気持ちだ。少しでも届いてほしいと思ったが、伊佐は答えない。

小萩は伊佐を遠くに感じた。

伊佐が空に向かって伸ばしたこぶしの中には、何が入っているのだろう。悲しみか怒りか。固く握ったこぶしは、伊佐自身を縛っている。仕事も出来て、見世で信頼され、若い娘が振り返るような容姿をしているのに、伊佐は孤独だ。

伊佐はいつかこぶしを開いて、自分を解き放てる日が来るのだろうか。

伊勢銀というのが、弥兵衛の行きつけの居酒屋だ。五十代の主が一人でやっている小さな見世で、縄のれんをくぐると、弥兵衛が見世の奥で壁に寄りかかってうつらうつらしていた。

「旦那、旦那」

伊佐が声をかけると、弥兵衛はうっすらと目をあけて「お福か？」とたずねた。

「おかみさんは家で、待っています。もう遅いですよ。家に帰りましょう」

伊佐が言った。弥兵衛に手を貸して立たせると、見世の主人に「いつもすみません」と頭を下げ、見世を出た。伊佐が弥兵衛に肩を貸し、小萩は伊佐と二人分の提灯を持った。

「ああ、小萩も来てくれたのか。すまないねぇ。悪かったねぇ」

弥兵衛は回らぬ口で言った。

「幹太のこと、このままじゃだめだと思うだろう。もっとびしっと叱ってやらなくちゃだめだと思っているだろう」

「思っていませんよ」

「いやぁ、思っている。そうなんだ。わしも、自分で思う。幹太に甘すぎる」

「たった一人のかわいい、孫ですから」

小萩は言った。弥兵衛はふだんいい酒だが、一年に何度かこんな風に深酒をすることがある。場所はいつも伊勢銀で、そんなときは見世の誰かが迎えに行く。

「わしは心配なんだよ。いつか、ふっといなくなるのかもしれないと思ってさ」

「そんなこと、ないでしょう」

「子供っていうのはさ、七つまでは神のうちっていう言葉を知っているか?」

「はい」

「それぐらい、はかないってもんだってことだ。昼間元気にしていても、夜には熱を出して、翌朝にはもういけない。そんなことがあるんだ」

弥兵衛の話はいつの間にか、小萩の知らない誰かのことになっていた。

「わしは、その時、お福の傍にいてやれなかった。帰ってきてくれって使いが来たけれど、わしは帰らなかった。新しい菓子をつくっていて、そのことで頭がいっぱいだったんだ。お福はたった一人であの子を看病していたんだ。不安で、淋しくて、恐ろしかったと思う。謝ったよ。何度も。でも、お福はまだ俺を許してくれていないんだ。それだけ、傷が深いんだ」

弥兵衛が深い息を吐いた。

「今日も言っただろう。お前さんは、いつも大事なときにいないって。あれはお福の心の声なんだ。胸の奥にしまっている言葉が、何かのときにパッと出てくるんだ。そのたび、俺は申し訳ないと思う。淋しい、やるせない、どうしていいのか分からない気持ちになっちまう。ああ、まだ、お福は胸の深いところで血を流しているんだなぁって思うんだよ」

歩くのが大儀になってきたらしい。伊佐が弥兵衛を背負うと、弥兵衛は眠ってしまった。伊佐が静かに話し出した。

「さっき話していたのは、旦那さんとおかみさんの最初の子供のことだ。男の子でね。三歳のかわいい盛りに亡くなった」

そのころ、弥兵衛は両国の船井屋本店という見世の職人をしていた。船井屋本店には二十人からの職人がいたが、弥兵衛は若いながらも見世の信頼を得ていた。月一回の大事な茶会を控えたある日、大旦那が倒れた。古株の職人たちはとても無理だと逃げてしまって、弥兵衛が若旦那の庄左衛門と二人で引き継ぐこととなった。

「そのお茶人は気難しいので有名だけど、いい仕事をすればきちんと認めてくれる。その時に気に入られ、以後、若旦那と二人で受け持つことになった」

松林に吹く風のような菓子といわれて、饅頭に松の焼き印を押して持っていったら、楽をするなと怒鳴られた。晩秋の松林で風の音を聞いているような心持ちを表せと言われた。池に映る月とか、夏の早朝の日差しの感じとか、説明されればされるほど分からなくなるようなことばかり注文された。茶人の言葉を読み解き、まだ誰もやっていないようなことを探して菓子にした。それは苦しいけれど、同時に楽しい、菓子屋冥利(みょうり)につきる仕事だった。

「そんな時、一人息子が熱を出した」

最初は風邪だと思ったそうだ。新緑の頃で暑くも寒くもない、いい気候だった。少し吐いたが、温かくして休ませればよくなると思った。今までも、そんなことが何度かあったからだ。

朝、家を出て見世に行き、それきり家のことは忘れた。茶会は明日に迫っていて、まだ納得いくものが出来上がっていない。若旦那と二人、ああでもない、こうでもないと言っているうちに夕方になった。

近所の人が使いに来て、坊ちゃんが急病だから家に戻ってほしいと言われたが、帰らなかった。それどころじゃない、何を言っている、仕事の邪魔をするなと腹立たしくさえ思ったそうだ。

「それで、家にはいつ帰ったんですか?」

「翌日の昼。茶会の菓子を届けた後だそうだ。息子は冷たくなっていて、おかみさんは泣くのも忘れてぼんやりしていたって」

——弥兵衛さんは、いつも大事なときにいてくれない。

お福のいらだったような、切ない声が小萩の頭の中で響いた。お福が初めて見せた、激しい感情だった。

「そのことがきっかけで旦那さんは船井屋本店を辞めておかみさんと二人で二十一屋を始めた。のれんに牡丹の花が染め抜いてあるだろう。息子さんが死んだ時ちょうど牡丹の花の季節で、家の近くできれいに咲いていたそうだ。こんな風に草も木も生き生きと力がある時に、どうして自分の子供だけ逝ってしまったのかと悔しかったって。二十一屋は大事な息子の命と引き換えにして始めた見世だから、いつまでもそのことを忘れないように。そして息子に恥じない仕事をしよう。あの牡丹の花には、そんな意味がこめられている」

その後、娘のお葉が生まれた。すくすくと育ち、成人した。

「徹次さんと所帯を持って幹太さんが生まれ、これでもう大丈夫と安心していた時にお葉さんが亡くなった。八年前のことだ。旦那さんは、自分たちは幸せになっちゃいけねぇのかと思ったそうだ。これからは徹次さんが親方として見世を仕切るんだと、自分は隠居を決めた」

心残りは、ただひとつ。孫の幹太のことだ。

「だからさ、だからなんだよ。幹太さんも、いつか、どこかに行っちまうんじゃねぇかと心配でなんねぇんだ」

提灯の灯りに照らされて、三人の影法師ができた。弥兵衛を背負った伊佐は大きな塊になっている。

弥兵衛とお福は大切な人を失って、心にできた空洞を抱えたまま生きている。伊佐はもう二度と失うことがないよう、他人と深くかかわらないことに決めた。大切な人を失ったもの同士、寄り添って生きているのが、二十一屋という店だったのだ。

「おい、伊佐」

突然、背中の弥兵衛が言った。

「幹太を頼むな。あいつのことを守ってやってくれ」

「分かりました」

「二十一屋を頼むよ。お前が頼りだ。頑張ってくれ。伊佐は筋がいい、きっといい職人になる。わしが請け合う」

「ありがとうございます」

「小萩も、いたな」

「はい」

「お前は……いいおっかあになれ」

仕事のことを言われるかと思っていた小萩はがっかりした。伊佐の顔を見ると、笑っていた。穏やかなやさしい顔だった。

しばらく歩くと、見世の灯りが見えてきた。

「旦那さん、もうすぐ着きますよ。歩きますか？」

伊佐が弥兵衛をおろし、弥兵衛の体を支えた。弥兵衛は意外にしっかりとした足取りで歩き出し、見世に戻った。

三

「ねぇ、お福さん、いらっしゃる？」

川上屋の冨江がやって来た。

「おや。しばらくぶり。どうしたのかと思っていたんだよ」

お福が奥から顔を出した。

「だって、ほら、いろいろあったから、敷居が高くなっちゃって」

「いやだねぇ。そんなこと、気にしないでおくれよ。今日は、新しいお菓子があるんだよ。お饅頭の皮を工夫して、ふかふかとやわらかいんだ」

お福に誘われ、冨江はいそいそと店にあがり、お福の大奥に向かう。小萩がお茶と蒸したての饅頭を持っていくと冨江は目を輝かせた。

「自然薯（じねんじょ）のいいのがあったから薯蕷（じょうよ）饅頭にしたんだけどさ。山芋がいつもの三倍入っている」

饅頭は白くつやつやと光って、ふわふわとやわらかい。山芋が三倍なので、厚みも三倍近くあって中はこしあん。あんの量は少し控えめだ。

「ほんと。やわらかい。おいしいわぁ」

お福は仕事場に向かって大きな声を出した。

「おかみさん、おいしいって」

「ありがとうございまーす」

伊佐と留助が返事をする。

「この皮だったら、いっそあんこなしでもよくないかい？」

「あら、あんこ入ってなかったら淋しいわよ。このあんこ、いつもより少ないわよね。あたしは、これじゃあ足りない。いつも通りのあんこが入っているのがいい。そうよねぇ」

お茶のお代わりをいれている小萩に同意を求めた。

「だけど、それだと、ずいぶん、大きくなっちゃうよ」

「いいじゃないのぉ」

といったやり取りがあって、お茶を飲んで本題に入る。

「もう、本当に腹が立って」

もちろん、お景のことである。

お景の人気は高まるばかり。お景に見立ててほしいというお客が引きも切らず、見世は繁盛している。番頭たちも、自分を差し置いて何かというとお景に相談する。この頃は、息子の清太郎もお景にべったりだ。

「二人でこそこそ話しているのが聞こえたの。お姑さんは古いから、ですって。何よ、この間まで、何でもかんでも私に聞きにきたくせに」

胸にたまったうっぷんを晴らして帰るのはいつものこと。だが、ちょっと気になることを言った。

「古くからいる番頭は私につくでしょう。年の若い方はお景につくから、見世が二つに割れちゃったのよ」

「あらまぁ」

ついこの間まで見世の中心にいたのは冨江である。冨江が一言いえば、それがさぁっと下におりて、下働きの女中まで従った。ところが、今は、途中でお景の意見が入る。でも、若おかみさんはこう言っていましたとか、それで、どっちにしたらいいんでしょうとか、ややこしいことこの上ない。

「お景が見世を全部仕切れるならそれでいいのよ。でも、そこまでいかないもの。売れているっていっても、若い人相手の反物だけなの。値の張る物といえば嫁入り衣装だし、殿方の着物でしょう」

婚礼となれば花嫁の打掛だけでなく、両親、兄弟も着物を新調する。そうなれば男物は別格で、一家の主はほかの家族より一段も二段も上等の物となる。

川上屋の着物ならどこに出かけても安心と思っていたけど、この頃は流行り物が多くなって、安っぽくなったなどという声が耳に入る。

「それは、ちょっと心配だねぇ」

「そうなの」

冨江はお茶を手にして、考えている。

「この前、花嫁さんと妹さんの着物が色も柄もそっくりかぶりそうになったことがあって。さすがに番頭があわてて私に相談にきたの。お景に注意したら、あらだって、ご本人がそうしたいっておっしゃるし、似合うと思いますけどって」

「じゃあ、花嫁さんが二人になっちゃうの？」

「後で、よく聞いたら、前々から姉妹で張り合っていて、お婿さんになる人っていうのは、妹の方がひそかに思っていた人らしいの」

「まぁ」

そういうことがあるから、嫁入り、婿取りはよくよく注意しなくてはいけないのだと、冨江はため息をついた。

　その時、表の方で声がした。川上屋の手代が冨江を呼びにきたのだ。

「すみません。大おかみ、すぐ見世に戻っていただけませんか？　お客様からお叱りをいただいてまして」

　冨江はあわてて立ち上がる。一旦、冨江を見送ったお福は小萩に声をかけた。

「あたしたちも、これから川上屋さんに行くんだよ。一緒においで」

　川上屋に行くと、暗い色の看物を着た年寄りといっていい年齢の女が、顔を真っ赤にしてお景に怒っている。その後ろに姑らしい中年の女。さらに後ろに赤ん坊を抱いた嫁が泣きじゃくっていて、その亭主らしい男がうつむいていた。嫁の着物は青とも紫ともつかない色で芙蓉の花を描いたもので、帯は銀が入った黒。以前、川上屋の見世先でお景が着ていたものと同じだ。

　番頭がひたすら頭を下げているが、お景は何か抗弁している。

「じゃあ、あなたは自分は悪くない。悪いのは全部、うちの嫁だっておっしゃるの？」

「そういうことではありませんけれど。でも、ご希望をうかがったら、そういうことでしたし。よくお似合いだと思ったので」

　その返事は火に油を注いだ形になった。

「嫁はお宮参りに着たいからって、相談したって言ってますよ。お宮参りに、こんな……、こんな花魁道中みたいな着物で……恥ずかしい。川上屋さんはそういうお見世だったんですか」

そもそもお宮参りというのは無事に子供が生まれて、育っていることを産土神にご報告し、感謝することだ。おのずからそれにふさわしい形というものがある。自分一人で産み育てているような顔をするなんて、言語道断。

「略式といっても限度がありますからねっ」

甲高い声が離れて立っている小萩の耳にびんびんと響いた。

「お宮参りっていうのは、その家のおばあさんが赤ん坊を抱くのが普通だけど、あのお母さんは自分で赤ちゃんを抱っこしている。触るな、触れるなって肩ひじ張って。赤ちゃんはみんなにかわいがられて育つのが幸せなのにねぇ」

お福は悲しげな顔をした。

胸に積もったいろいろなことは、ある日突然、形になって現れる。

それが桜餅だったり、晴れ着だったり。

お互い譲れないからぶつかるのだ。

女たちに迫られて、お景の分が悪くなったらしい。最初の勢いがなくなり、伏し目がちになって唇を噛んだ。頬が紅潮して……。

背を向けると、奥に駆け込んでしまった。

「帰ろうか」

お福は踵を返して二十一屋に向かった。

「しょうがないよねぇ。あの程度のことで。もう少し、骨のある子かと思っていたのに」

「あの、この先……。もう、いいんですか?」

「冨江さんがここでぎゅっと力を見せて、上手に話をまとめるよ。それができるから、大おかみなんだもの。いい機会だよ。お見世の人も、やっぱり大おかみでなくちゃって思うよ」

お福は少し溜飲を下げた様子だった。

夕方、小萩が商品のお届けで出かけると、神社にお景の姿があった。いつもの派手な形をしているが、肩のあたりが寂しげに見えた。

「二十一屋です。いつもお世話になっております」

小萩が声をかけると、笑顔を見せた。二重瞼の力のある瞳が少し陰っている。泣いた後の瞼をしていた。

――この人も泣くことがあるんだ。

小萩は胸を突かれたような気がした。

今までお景は特別な人だと思っていた。だから、あんな風に堂々と自分がいいと思った格好で歩けるのだと考えていた。

この人も自分と同じように落ち込んだり、悩んだりするんだ。

小萩はそのまま通り過ぎることもできた。だが、小萩はいつもの素敵なお景に戻ってもらいたかった。こんな時、お福ならなんと声をかけるだろう。

「川上屋さんの大おかみさんにはよくお見世に来ていただいているんです。若おかみさんもどうぞ、いらしてください」

お景は困ったような顔をした。

「みなさん、うちのお見世でお菓子を食べて、お茶飲んで一休みしていかれます。そうすると、元気が出るんだそうです。大丈夫、聞いたことをよそでペラペラしゃべったりしませんから」

「それは素敵ねぇ。私も今度、うかがいたいわ」

お愛想を言われた。

聞きたいのは、そんなおざなりな言葉ではない。どうしたら、小萩の気持ちが届くのだろう。

「あのぉ、今、市村座（いちむら）でみなさんがお稽古していて、それを見せてくださるっていうんですけど、一緒に行きませんか？　うちのおかみさんも行っています」

「私が？」

お景は不思議そうな顔をした。

「助六の場面をするので、市村藤之助さんも、仲屋咲五郎さんもいらっしゃるそうです」

少し顔がほころんだ。

藤之助と咲五郎の名前を聞いたら、だれでもそうなる。今、江戸一番の人気役者だ。しかも、川上屋がお客を招待するのも、この二人が出る舞台なのだ。

「ご注文のお饅頭を楽屋に届けるところですが、明日が初日でもうほとんど仕上がっているので、端の方からなら見ても大丈夫って言われました」

「そお？　じゃあ、ちょっとだけのぞいていこうかしら」

お景は小萩と一緒に歩き出した。

市村座の前にはもう桜が植えられ、藤之助と咲五郎の名前を書いたのぼりがはためいている。明日には、「助六由縁江戸桜」の初日を迎えるのだ。

助六は歌舞伎十八番の中でも、とりわけ華やかで楽しい出し物だ。花川戸の助六というとびっきりいい男が主人公で、その思い人が吉原の傾城揚巻。揚巻に横恋慕するのが意休という、見るからにいやらしい白ひげの老人だ。じつは助六は曾我五郎時致という武士で源氏の宝刀友切丸を取り戻すという目的を持っている。その刀を持っているのが意休で……というのが物語。

　お話も面白いが、助六がこれでもかというほど暴れて見せ場がたくさん、衣裳がきれいで言うことなしのお芝居なのだ。

　晴れ着を仕立てたら、着ていく場所がなくてはならない。それには歌舞伎はぴったりで、桟敷席の隣も前も川上屋のお客で顔なじみだから「まぁ、よくお似合いよ」などと言いながら、「今度はこういう柄もいいかしら」などと考えてしまうのが女心。観劇の後には、さらに注文が来るという仕掛けである。

　芝居小屋の裏手に平屋の建物があり、これが稽古場だった。脇の戸を薄く開くと、お福が顔を出した。声をひそめて言った。

「まぁ、お景さんも。よくいらしたわ。ちょうどいいところ。これから、咲五郎さんが出てくるの」

　舞台と同じ大きさの板の間があって、その脇に一段高い三畳ほどの畳敷きがある。前に座るのは仲屋竹也という座長で、お福たちはその後ろの方に並んだ。

　咲五郎は若手では一番といわれる女形だ。舞台に出る時は白塗りだが、今は地のままで浴衣を着ている。小萩は以前、一度だけ、咲五郎の舞台を見たことがある。二階の立見席の後ろの方から背伸びしてながめた。その時は、世の中にこんなにきれいな女の人がいるのかと思ったが、今、板の間に座っている咲五郎は男である。

男にしては全体に華奢なつくりだが、それでも薄い浴衣一枚を通して胸や背中に固い肉がついているのが分かる。整ったきれいな顔立ちだが、あごが大きい。

その咲五郎が板の上に立ち、つっとこちらに振り返った。小首をかしげ、流し目になる。

「ちょいと、お前様」

小萩の背中がぞくっとした。女になっていた。色っぽくて、はかなくて強い、傾城揚巻がそこにいた。

お景が肩に力を入れ、身を乗り出して見ている。

浴衣姿の咲五郎は男だけれど女なわけで、生々しくあぶない感じがする。夢中になりそうで自分が怖い。

咲五郎は一通りさらうと出て行ってしまった。代わって入ってきたのは、朝顔仙平を演じる仲屋小太郎だった。座長である仲屋竹也の末息子で、年は小萩といくつも変わらない若い男だ。

朝顔仙平は意休の子分で、威勢よく出てくるが、助六にこっぴどくとっちめられるという三枚目だ。白塗りの顔に紅と青黛で朝顔に隈取りし、眉毛はつぼみ、髭は葉に描くというのが決まりだが、今は地顔である。

「よし、じゃあ、お前やってみろ」と竹也に言われて小太郎が板に立った。

「事もおろかやこの糸びんは砂糖煎餅が孫、羽衣煎餅はおれが姉様、双六煎餅とは行逢い兄弟、姿見煎餅はおらがいとこ、竹村の堅巻煎餅が親分に、朝顔仙平という色奴様だ」

煎餅尽くしの台詞を言って、見得を切る。とたんに竹也が渋い顔になった。

「なんだ、お前。面白くもなんともねぇなぁ。今まで何をやってきたんだ」

小太郎は顔を伏せる。

「じゃあ、その先。助六との立ち回り」

助六をやっつけようとするのだが、反対にやられて足をすくわれ、背中から落ちる。助六役の藤之助はおらず、代わりの者が相手をした。くるりと回った後、どしんと大きな音がした。

「怖がってんじゃねぇよ。スコンと落ちるから笑えるんだ。もう一度」

コツがあるのだろうが、板の上に背中から落ちるのである。痛くないわけがない。

「お前、なんのためにそこにいる。助六を光らせるためだろう。だったら、自分の仕事をしろい。もう、いっぺん」

何度やっても竹也は納得しない。小太郎の顔から汗が吹き出し、肩で息をしている。背中が痛いのか、顔をゆがめて立ち上がろうとした途端、竹也が小太郎の腹を蹴った。

「馬鹿野郎。板の上で素になるんじゃねぇ」

お福がそおっと立ったのでお景も小萩も続き、そのまま外に出た。

「かわいそうに。あたしは見てられなかったよ。よく自分の子供にあれだけ厳しくできるもんだ」

お福が言った。

「竹也さんは芸の虫だと聞いていましたけれど、本当なんですねぇ」

さっきまで気まずそうにしていたお景だったが、今はお福と子育てについて話をしている。

「もっとゆっくり話をしたいねぇ。今度、時間がある時、来ておくれ。お菓子もたくさんあるからさ」

そんな挨拶をして別れた。

しばらく歩くと、お福が言った。

「小萩、偉い。よく、お景さんを連れて来てくれたねぇ」

「たまたま神社のところでお見掛けして、なんだか元気がなさそうだったから。おかみさんなら、どういう風にするかなって思ったんです」

「あんたは優しい子だね。お景さんのことが心配だったんだね。桜餅のことはもういいよ。決まったことだからね。でも、お景さんに二十一屋は苦手だと思われるのは困ると思っていたんだ。もう、うちに注文が来ないってことだからさ。ここで話が出来てよかったよ」

「はい」

「あんたに商売のコツを教えてあげる。大事なことだから、よく聞くんだよ。ここにいる間はあたしがどういう風にお客さんと接するか、よく見ておくんだよ。自分だったらこうするとか、これはよくないとか思うかもしれないけれど、それは胸にしまっておく。そうして、きっちり真似をする。自分のやりたいことをするのは、ここを出てから」

二十一屋を始めたばかりの頃、見世が暇だったのでお福は近所のお茶屋を手伝っていた。そのおかみさんが商売上手で、お客さんが切れなかった。

「家族は何人で、いつ、どういうお茶を買ったか、みんな覚えているんだ。上等のお茶はお客さんに出すうちもあるし、旦那さんが朝一番に飲む家もある。好みを覚えて用意しておくのはもちろんだけど、時々、いつものよりもちょっといいお茶を薦める。それがコツ」

「奥の部屋も、その奥さんから習ったんですか」

「そうよ。いいだろう。でも、あれはあれで難しい。意見は言わない。黙って聞くだけ。そこで聞いた話をけしてよそで言わない」

「お景さんも川上屋さんの大おかみから、やり方を習えばいいのに」

「あの人はそんな必要ない。自分で自分のやり方を見つけるからいいんだ」

「おかみさん、厳しい」

「当たり前だよ。うちの桜餅より東野若紫の方がいいなんて言うんだから、何にも分かっちゃいない」

「えいっ」とお福は小石を蹴った。お福は温和に見えて、じつは根に持つ人である。桜餅のことを忘れるはずがない。

「なんだか、三松屋の玉子焼きが食べたくなった」

二人で仕出し弁当の三松屋に行った。裏から見世の様子をのぞくと、職人たちが明日の仕込みをしているところだった。その中には、明日の川上屋の弁当の分も入っているはずだ。

三松屋のおかみさんが出てきた。

「どうしてもおたくの玉子焼きが食べたくなったよ。少しもらえないかねぇ」

「いつもありがとうね。手つかずの弁当が二つあるんだけど、それも持っていってくれないかい？」

玉子焼きと弁当二つを買って二十一屋に戻った。夕食にはいつもの煮つけや佃煮といっしょに、それらが並んだ。

「こうやって見ると、どれも茶色いなぁ」

弥兵衛がしみじみとした調子で言った。

「おや、そうかね」

お福が少し不機嫌そうな声を出す。

醬油とみりん、砂糖で味をつけているから、どれも茶色くなる。小萩が実家で食べていたのも同じような色をしていた。

「上方の玉子焼きは黄色いらしいですね」

留助が言った。

「だし巻き玉子ってんだ。黄色くてきれいだよ。見た目はな。味はぼんやりしている」

弥兵衛が言った。

「上方は醬油が白いんだ。だから色はきれいだけど、うまみがない。俺は江戸のこってり甘い玉子焼きが好きだな」

徹次が続ける。お福は自分の言いたいことをみんなが言ってくれているので、黙っている。

小萩は真っ黒なしいたけの煮物を口に入れた。醬油とみりんとしいたけの味の汁がじゅわっと口に広がった。玉子焼きもしっかり味がついている。卵の味というより、醬油と砂糖の味だ。麦の混じったごはんに、これまた黒いアミの佃煮をのせる。アミというのは小さな海老のことだそうだ。小萩は江戸に来て、初めてアミというものを知った。煮返して味のしみた佃煮の味が小萩は好きだ

「上方の桜餅っていうのは、どうなんでしょうねぇ」と留助。

「そりゃあ、決まっているだろう。きれいだけど、情がない。上方の女みたいなもんだ」

お福がちらりと弥兵衛の顔を見る。弥兵衛は自分の失言に気づいた。

「えっと、それで何かい？　川上屋は明日、三松屋のこの弁当に東野若紫の桜餅を合わせようってわけかい？」

醬油と砂糖のこってり味の江戸前弁当に、道明寺粉を使ったつぶつぶでもちもちの、色はきれいだが情のない上方風の桜餅が加わるとどうなるのだ？

「まぁ、そりゃぁ、何だな」

「そうですよ。木に竹を接ぐってやつですから」

お福は自分の思っていたところに話が落ち着いたので、うれしそうに茶をいれた。

翌日は朝からお客が立て続けに来て、小萩がほっとしたのは夕方近くなってからだった。

ふと見ると、見世の入り口にお景の姿があった。

「あらぁ、お景さん。いらっしゃい」

お福が明るい声をかけた。

「今日は、夏のお菓子をいくつかつくってみたんだよ。葛に黒蜜をかけたものなんだけど、ちょっと食べてみてもらえないかねぇ。お景さんの意見を聞きたいよ」

お景はお福の大奥に吸い込まれるように入って行った。

小萩は葛の菓子とお茶を持って、部屋に行った。

「葛は夏の暑さを引くっていうでしょう。黒蜜とは相性がいいんだけどねぇ」

小皿の上に井戸水で冷やした葛がのっている。透明な葛は、まるで水を固めたみたいだ。とろりとした黒蜜をかけると、甘い香りが漂った。

「まぁ、きれい」

「召し上がってみて」

口に含んでお景はうっとりと目を閉じた。

「おいしい。私、葛は大好きなんです」

「そうかい。そりゃ、よかった。お景さんがおいしいって」

お福が仕事場に向かって大声を出すと、「ありがとうございまーす」という留助と伊佐の返事が来た。

お茶を飲むと、お景は居住まいを正した。

「おかみさんに謝らなくちゃならないと思って。桜餅のこと」

「なんだよ、急に」

「三松屋さんのお弁当に東野若紫の桜餅は合わなかったんです。みなさんはおいしいって言ってくださったけど、味が喧嘩する感じで」

「ああ、そうだったのか」

「私ね、姑(はは)に少し張り合っていたんです。私が考えた着物はどれも頭からだめだって言って取り合わないし、主人も見世の人も大おかみの言うまま。やっと見世に立たせてくれると言ったら、太物の方を押し付けた」

「それで、自分で着るようになったのかい。ずいぶん、思い切ったことをしたもんだ」

「最初は怖かったですよ。でも、人に見られるのって、なんだか楽しいし、いろいろな方が素敵だ、真似したいって言ってくださって……」

「ちょっと得意になった？」

「ええ」

お景は恥ずかしそうに微笑(ほほえ)んだ。

「たくさん売ればいいんでしょって意地にもなっていた。だから、強引なやり方をしてしまったこともあるんです」

「お宮参りの着物のこと？」

「あのお嫁さんには申し訳ないことをしたと思っています。姑(はは)にも主人にも謝りたいと思います」

「偉いねぇ」

お福が言った。

「そこに気づくところが、あんただよ」

「そんなこと、ないです」

「あんたはまっすぐに物を見る。いい物はいい、悪い物は悪い。その目があるから着物の見立てが出来る。今度のことで、人の気持ちを見る目も養ったんじゃないのかい？　きっといいおかみになる。川上屋さんはいいお嫁さんをもらったよ」

お景の頬が染まった。

「困ったわ。そんな風に褒められるのは慣れていないから」

「そんなはずはないだろう。そうだ、もう一つ、お菓子、食べないかい？　大福は終わっちゃったけど、羊羹とか、最中ならあるよ」

お福は口先だけのお世辞を言わない。その人の良いところをきちんと褒める。だから心に響く。信頼が生まれる。小萩は、またひとつ、お福から学んだ気がした。

それからお景はひとしきり、子供の話などして帰った。

夕飯にはまだ少し間がある時に、お絹が東野若紫の桜餅を持ってやって来た。伊佐が買ってきてくれるよう頼んだという。釣りから戻ってひと風呂浴びた弥兵衛も来て、板の間にみんなが顔をそろえた。見ると、伊佐の横にちゃっかりお絹がいる。いつからこんな風に仲良くなったのだろう。

「そう、あんたがこの桜餅、買ってきてくれたのか。ありがとうねぇ。お駄賃(だちん)ももらったか？」

弥兵衛がたずねると、伊佐があわてて「それはないです」と言った。

お福がお茶をいれようとすると、お絹はさっと立って手伝おうとする。小萩は出遅れて、することがなくなった。うろうろしていたら「お絹さんはお客さんだろう。小萩が先に立って動くんだ」と徹次に叱られた。

お絹はまた伊佐の隣に座る。

「あんた、お絹ちゃんって言うの？　里はどこ？」

弥兵衛がたずねた。

「八丁堀です」

「ああ、じゃあ、近いねぇ。見世には通って来てるんだね。家族は何人？」

「おばあちゃんとおとっつぁんとおっかさん、弟が二人います」

「そりゃあ、にぎやかだ」

弥兵衛はお絹が気に入ったらしい。小萩はなぜか悔しい気持ちになった。

お福が東野若紫の桜餅を菓子鉢に入れて持って来た。桜の葉に包まれた丸い菓子で、全体に薄紅色に染めた米粒のようなものがついている。これが、道明寺粉というものか。

「きれいな色」

小萩は思わずつぶやいた。

明るい、華やかな紅色だった。遠目に見れば薄紅色だが、木の下に立って見上げるとはかない白さのソメイヨシノが二十一屋の桜餅だとすれば、東野若紫は花びらが重なりあい、ポンポン玉のように丸くなった八重桜の色だ。

「はんなりって言ってね、東野若紫独特の色だよ。この紅色が出せないと職人になれない。いつまで経(た)っても小僧のままだ」

弥兵衛が言った。

伊佐は菓子を手にのせたまま、じっと見つめている。

「案外、うまいな」

早くもかぶりついた幹太がつぶやいて、一瞬、座が静まった。

「そうかねぇ。あたしはうちの見世の方が好きだよ」お福がとんがった声を出した。

「しかし、悪くない」かぶせるような弥兵衛の声だ。

初めて食べる京風の桜餅はもちもちした食感だった。こしあんもていねいにさらしてある。江戸風の塩味をきかせたあんになれた舌には物足りないような気もするが、小豆の風味があって品がいい。

「これが京菓子というものですか？」

小萩がたずねた。

「この桜餅は京菓子の端っこってところだな。京菓子ってぇのは、高い山みたいなもんだ。すそ野がずうっと広がって江戸や金沢の山に連なっている」

「じゃあ、京菓子が一番ってことなの？」

幹太がたずねた。

「誰が一番とか、そういうことじゃなくて、それぞれ自分の山を突き詰めればいいんだ。うちで炊いているあんこと、東野若紫のあんこは目指すところが違うんだよ」

小萩は口の中に残った甘さが逃げないように、口をしっかりと閉じた。一口でもお茶を飲んだら、この甘さも小豆の香りも消えてしまう。

三松屋の仕出し弁当に、この桜餅は色も味も合わない。だが、桜餅だけで味わったら、きっとみんな違う感想を持っただろう。東野若紫の近衛門は憎らしい男だが、菓子は別物と分けて考えれば、これも春らしい一品だ。

「弥兵衛さん、昔、道明寺粉を使ったお菓子をつくっていただろう。この子らに教えてやってくださいよ」

お福が言うと、

「お願いしますよ。以前、買ったものがそのままあるんです」

徹次も重ねた。

「そうか。久しぶりだからなぁ」

弥兵衛が立ち上がる。

仕事場の真ん中に弥兵衛が立ち、それを徹次、伊佐、留助が囲み、幹太も少し離れて見ている。

「道明寺粉はもち米を蒸して乾燥させ、粗びきをしたものだ。最初から火が入っているから、ちょいと水を含ませて蒸せば食べられる。もちもちした感じは時間がたっても消えない。割合扱いやすい材料なんだ。留助、桶があるか」

小半時（こはんとき）がたって、鍋がぐつぐついって魚が煮えた頃になっても、まだ男たちは道明寺粉に取り組んでいる。

「流しものにも使えますかねぇ」

伊佐がたずねた。

「もちろん使える。昔、やったなぁ。水晶で外が透明で中心に向かって紫色になるもんがあるだろう。あんな風に羊羹の中心に二色に染め分けた道明寺粉を仕込んだんだ。それ、やってみるか？」

男たちは道具を取り出し、それぞれ仕事にかかった。みんな楽しそうだ。幹太も輪に加わっている。

「まだ、しばらくかかりそうだねぇ。あたしたちはお茶でも飲んで待っていようか」

お福が言った。

仕事場から笑い声が聞こえてきた。

弥兵衛とお福、徹次に留助、伊佐。もしかしたら幹太も。みんな自分が何をしたいのか、どこに向かっているのか分かっている。江戸で生きるとはそういうことだ。そうでなければ、この町にいる資格がない。

私はどこに向かっているのだろう。

小萩は自分に問うた。

いつか、私は私と胸をはって言える日が来るのだろうか。

清正(きよまさ)の人参

梶よう子

一

御薬園同心の水上草介は、行灯の頼りない明かりの中で、腕を組み唸っていた。

先日、見習い同心の吉沢角蔵から手渡された和綴じ帳を半刻近く眺めていた。御薬園で栽培されている草木を書き記したものだ。

「とはいっても、勝手にはびこる雑草までは記しておりませんのであしからず」

吉沢はきちりと直角に腰を折った。

少し前から、矢立を持って御薬園中を廻っていたので気にはしていた。まさかこんなことをしていようとはと、さすがに草介も驚いた。

「この御薬園は、人も備品も草木も、まったく管理がなっていない。なにが植えられているのか、効能はどうなのか、こうしてきちんと記すべきだと思いましたので、私から芥川さまにお願いいたしました」

草介は、ちょっと耳が痛かった。いままで、これといった不都合も感じていなかったし、なにより肝心な生薬のできも悪くないせいで、いろいろ怠っていたことに気づかされた。吉沢は、見習い同心というよりも、視察の役人のように思えた。

「私ができることで、残せるといえばこのていどなので」

去り際に、吉沢が妙な物言いをした。

見習い同心として小石川に来たため、ここに根を張るわけではないであろうと草介もわかっている。それどころか、吉沢の父親は吹上奉行だった。

吹上奉行は、お城内にある吹上御庭の管理を行う。吹上御庭は十三万坪という広大なもので、庭園内には茶屋や梅林、御薬園、禽舎などがある。それぞれの施設に応じて役人がおり、奉行はそうした者たちの監視もしている。

吉沢が、この先、父親と同じ奉行職に就けるかどうかはわからないにしても、生涯二十俵二人扶持の御薬園同心という草介とはまるで立場が違うのだけはたしかだった。

どうやら縁談も持ち上がっているらしいし、そろそろ小石川を退くのかもしれない。

これが置き土産だろうかと、草介は吉沢の角ばった文字を眼で追いながら、ぼうっと思った。

突然、ゴウと風が鳴った。同心長屋がぎしぎしと不気味な音を立ててきしむ。

草介は屋根が飛ばないだろうかと、不安げに天井を見上げた。

自然の威力と不思議を草介は常に思う。

草木とともにいるから、とくにそう感じる。

陽、水、風、そして土。

いずれが欠けてもいけない。

四季の移ろいもそうだ。なにゆえ我が国には四つの季節があるのかも不思議だが、外つ国では年中暑いだけの地もあるというのがもうわからない。

夏の暑さがずっと続くのだ。身体が干からびてしまうことはないのだろうか。

帳面を再び繰りながら草介は、はっとした。

これまで私はなにをやってきたのだろう、と。

御薬園に植えられている草木は約四百五十種あるが、それらの植物すべての薬効が知られているわけではない。

とくに長崎を通じて入ってきた西洋植物などは、食せるのかどうか、薬になるのかどうかさえ不明なものもある。

だいたい、「あすぱらぐゅす」とはいかなるものか。土筆のような形状をし、マツバウド、西洋ウドと呼ばれているが、草介も口にしたことはない。だが、御薬園としては一度植えたものを絶やすわけにはいかない。

どういうふうに育ち、花が咲き、実をつけるのか観察しなければならない。享保に行われた甘藷や御種人参の栽培など、試作というのも御薬園に課された重要な役割なのだと、草介は思っている。

生薬の製造が一番だが、吉沢の記してくれた帳面を繰っていると、本草学は確実に薬学と植物学に分岐しているのを感じる。

御薬園はこの先、薬効のある植物を育てるだけでなく、草木そのものを採取し、調べる役目も担うのではないか、そんな気がする。

だから、そのためにも、きちんと記し、残すことが大切だ。

草介は葉脈に興味を持ち、御薬園同心になってから、ずっと押し葉を続けている。それがまとまったあかつきには献上しようと思っているが、そんなことでもいつかなにかに役立つ日がくるかもしれないのだ。

他に伝えなければ、それはないと同じことだ。意味をなさない。

「水草さま、水草さま」

風音に紛れ、声がした。小石川養生所の医師河島仙寿だ。懸命に戸も叩いている。水草は、同役の者がひょろひょろの体軀の草介に付けた綽名である。あわてて三和土に下りて、戸を開けると、河島が滑り込んで来た。頭に巻いた手拭いをしっかり手で押さえている。河島の頭頂部には二寸ほどの脱毛の名残がある。まだしっかりとした毛髪でないのが残念だ。

「どうなさったのです、こんな夜に」

「さっき私が養生所に戻りましたら文が届いておりましてね。来ているんですよ、すぐそこまで。川崎で一泊して江戸に入ると」

河島は早口でまくしたてたが、どうも要領を得ない。このように取り乱している河島を見るのは初めてだ。

「ええと、川崎から誰が来るのです」

草介がのんきに訊(たず)ねると、ああもうと、大袈裟(おおげさ)に嘆いた。河島は睫毛(まつげ)の長い眼をぎろりと開いて、草介の肩を強く摑(つか)んだ。

「阿蘭陀通詞(オランダつうじ)ですよ。長崎から来るんです。まだ聞いておりませんか」

へっと、草介は口を開け、首を横に振った。

河島は座敷に上がり込むと、草介が出した葛湯(くずゆ)をずるずる飲み干すやいなや口を開いた。

「二年後に阿蘭陀商館長(カピタン)の江戸参府があることはご存じですね」

はあと、草介は曖昧(あいまい)に頷(うなず)いた。カピタンと呼ばれる阿蘭陀商館長が江戸へ来るのが五年ごとに一度ということは知っているが、二年後かどうかは知らなかった。

河島は疑り深い眼で草介を見つめながら、さらに続けた。

「そのため、阿蘭陀通詞が御薬園の下見に来ます」

えっ、と草介は眼を丸くした。

通詞は言語の異なる者の間に入って、それぞれの言葉を翻訳することだが、そうした技能を持つ者を指してもいう。阿蘭陀通詞は、当然阿蘭陀語が堪能で、我が国唯一の貿易港である長崎ではなくてはならない存在だ。

阿蘭陀商館長の江戸参府は、たんまりと献上品を持って来て、お上に謁見し、日蘭貿易の礼をするという一大行事だ。

日本が異国に門戸を開いているのは長崎だけだ。しかも、出島という扇形をした島にしか阿蘭陀人たちは滞在を許されていない。江戸参府は阿蘭陀商館長にとって、日本を知る絶好の機会であり、物見遊山の旅でもある。

商館長と書記、医師らとともに、長崎奉行所の役人が同行する。多いときには、総勢百名を超すこともあったらしい。

通常、年明けに長崎を出立して、大坂、京などに立ち寄りながら、ひと月ほどかけて江戸に到着し、本石町にある長崎屋に二十日ほど逗留する。その間、長崎屋には阿蘭陀人見たさに町人がわんさか集まるが、蘭学者や医者、幕府の天文方、蘭癖大名などが連日宿へ面会に訪れ、医術などの教えを請うたり、交流を深めたりする。

まだ二年先とはいえ、阿蘭陀商館長が御薬園を視察に来るかもしれないことに仰天し、その下見に明日にも阿蘭陀通詞が来るなど、まったく知らなかった。

まさに寝耳に水だ。人より一拍二拍反応が遅い草介もすぐさま驚いた。

御薬園預かりの芥川小野寺に昨日会ったが、薬草の育ち具合と生薬の出来高を報告して終わっている。伝えるのを忘れていたのだろうか。しかし、よくよく考えれば、阿蘭陀通詞が来るからといって、園丁たちに晴れ着を着せるわけでなし、草木もそのままだし、ありのままを見てもらうしかない。

それより、こんな夜に風の中も厭わずやって来た河島が解せない。と、そんな草介の思いを見透かしたように、河島が口を開いた。

「じつはこの通詞なんですがね、私が長崎に遊学していた頃に知り合った者でして」

阿蘭陀通詞など他にも居ように、まさか、あやつが来るとは思いも寄りませんでと、奥歯に物が挟まったような物言いをした。

旧交を温めるというふうな感じがない。

「その方になにか不都合でも」

草介は、おずおず訊ねた。

うむと、河島は頭を抱えるようにして、これを告げたらきっと笑いますと、上目に草介を窺ってきた。

「笑うか笑わないか聞かせていただかないことには、お約束もできかねますが」

ですよねぇと、河島は嘆息した。

「でも、あやつが来れば知れてしまうことですから。じつはですね。長崎で、いさーく、しぇんじゅーと互いに呼び合う仲でした」

一瞬、風が途絶え、静寂が訪れた。

草介は、眼をぱちくりさせて、

「いさーくと、しぇんじゅー……ですか？」

河島の言葉をなぞるようにいった。

すると河島の顔にみるみる血が上り、ですから、と身を乗り出した。

「私も若かったんです。西洋の知識は刺激的で、常に驚きに満ち、楽しくて、嬉しくて、自分たちも阿蘭陀人になったような気になっていたのです」

わかりますよね、そういう気持ち、新しい言葉を覚えるとしつこいくらい使いまくる童のようなものですと、河島は半ば自棄になっていい募った。

「あは、あはははは」

草介は思わず声を上げて笑った。

「私だったら、そーすけん、ですね。阿蘭陀商館に居そうな名じゃありませんか」

河島が目元をぴくりと震わせた。

「いま笑いましたね。しかも冗談になりませんよ。たぶん野口はまったく変わっておりません。水草さんを、そーすけんと呼ぶことになんらためらうこともない。ああ、野口伊作というのがそいつの姓名ですが」

河島はついさっき届いた文だといって、懐から取り出し、草介にかざして見せた。

『いさーく野口』と記されていた。

あああと、草介は額をぽりぽり掻いた。

いさーくは伊作で、しぇんじゅーは仙寿。再び笑いが込み上げてきたが、河島が睨んでいるので懸命に耐えた。

「でもおふたりともご立派ではないですか。河島さんは蘭方を修められ、野口さんというお方は通詞になられた。下見に来られるということは、二年後の参府にも同行されるのでしょうね」

ええたぶんと、河島はまだ屈託を残しているような表情をしていた。

「いさーくは、いえ野口はたしかに誰よりも語学に熱心で、それが認められて通詞の家へ養子に入ったんですが。ここからが肝心です」

と、河島が背を正し、

「西洋贔屓で、少し捻くれています」

きっぱりといった。

私どころではないと、河島は端整な顔を引き締めた。

以前は、河島も蘭方を修めた医者として漢方など古臭いといい切ってはばからない男だった。養生所では漢方医が本道（内科）で、蘭方医が外科と定められていたが、河島はそれに抗い、勝手に治療を行っていた。しかし、それは蘭方を認めようとしなかった父親への反発もあったことに本人が気づき、いまでは漢方、蘭方にかかわりなく、医術は人のためにあるという思いに変わっている。「漢蘭の融合ですよ」と、河島はいう。

「あいつの先祖は転び伴天連だと聞きました。少しだけ西洋人の血が混ざっているんです」

風の音がさらに響く。昨日花を咲かせた薄桃色の傾城花が心配だった。

「何代も経ているので、見た目はもう我々と変わるところはありませんがね」

今回の下見の目的は、日本の草木を見に来るということらしい。

「かつてシーボルトも、参府の際、道端に生えている草花を採取していたそうですから、此度も日本の植物を知りたいとカピタンたちは思っているようです」

悪い奴ではないが、西洋贔屓で少々捻くれ男であると承知しておいてくださいと、河島は幾度も念を押し、

「私は、明日、往診に出てしまい野口を迎え出ることはできません。ともかく、多

少言葉が過ぎても、許してやってください」

手拭いを取って、頭を下げた。

二

昨夜の風は空の掃除であったのかと思うほど、翌日は、まばゆいくらいの晴天に恵まれた。

草介は目覚めると朝餉(あさげ)もそこそこに、長屋を飛び出した。腰の植木ばさみを揺らし、まず薬草畑へ見廻りに出た。やはり風でなぎ倒され、根こそぎ横倒しになっているものがたくさんある。

心配していた傾城花は無事だった。しっかり花をつけ、立っていたのには、思わず胸が熱くなった。

人は風雨から逃げることができる。しかし、草木には足がない。折れても倒れてもそこで踏ん張っていることしかできない。そういう力強さを見るにつけ、草介は心打たれる。

その後、通常の畑を見て、そこから樹林へと入った。肉桂(にっけい)もカリンもカエデも枝葉がかなりやられてしまった。枝葉がかなり落ちている。

「草介どの、どこにおられますか」

千歳の声がした。樹林の中だと、声が拡散する。どこから聞こえてきているのか、ちょっと悩みながら、きょろきょろしていると、背後から「草介どの」と声がして、あわてて飛び退いた。

千歳は御薬園預りの芥川の娘だ。髪を若衆髷に結い、小袖に袴の二本差し。剣術道場に通うお転婆だった。

「相変わらず隙だらけですね。父がお伝えしたいことがあると。急ぎおいでください」

踵を返した千歳の後を草介はあわてて追いかけた。

やはり、阿蘭陀通詞の下見が来るという話だった。

当初、下見は東側御薬園だったらしいが、急遽、西側に変更になったという。それも阿蘭陀通詞からの希望だという。

芥川は首を捻っていたが、

「阿蘭陀人であれば大事だが通詞の下見だ。草木の知識をあらかじめ得ておきたいということらしいぞ。そういう役なら、おまえはうってつけだ」

では頼むぞ、水草、と立ち上がった。

はっと、平伏したものの、芥川の中でも水上姓はどこかへ飛んでしまったようだ。

「城から急な呼び出しがあってな、これからすぐに参らねばならん。すまぬが、千歳とともに、通詞の相手をしてやってくれ」

「あ、では吉沢どのは」

草介が顔を上げて訊ねた。

「わしの供をさせる。ついでに吹上御庭にも寄るつもりでおるゆえ。ではな」

座敷を出てゆく芥川に、草介は一抹(いちまつ)の不安を抱きながら、再び頭を下げた。

半刻ほど経ったとき、一挺(ちょう)の駕籠(かご)が仕切り道をやって来たのが見えた。

畑作業をしている者以外は御役屋敷の庭に集めた。千歳は少し緊張しているのか俯(うつむ)き加減で立っていた。

御役屋敷の門前で駕籠が止まり、

「だんく」

甲高い声とともに降り立ったのは、羽織(はおり)袴のいでたちで、総髪を束ねた小男だった。しかも額が広く、眼が離れ、のっぺりした大きな顔をしていた。

転び伴天連の子孫と聞き、多少は構えていたが、なるほど血というのは薄くなるものだと、妙に感心した。

顔だけでいったら、河島のほうが、目鼻立ちがはっきりした阿蘭陀人顔をしている。

「だんく、とはなんでしょう。草介どの」

千歳が顔を寄せてきた。唇には珍しく紅を塗り、薄ら白粉まで刷いている。

「たぶん、阿蘭陀語でありがとうってことじゃないでしょうか」

草介は応えつつ、化粧をほどこした千歳にどぎまぎしていた。

すると、千歳がいきなり眉を寄せ、

「父の命です。わたくしの意思ではありません」

つんと横を向いた。

野口が妙に気ぜわしい歩き方で門を潜り、眦の上がった眼で、ぐるりとあたりを見回して、鼻をひくひくさせた。

「なにか臭いますな」

「ああ、すみません。畑に堆肥を撒いたばかりでして。風で少々流れてきますね」

草介には日常の臭いだったが、外から来たものには気になるのかもしれない。

遠路はるばるご苦労さまでございますと、千歳が一歩前へ進み出た。

「阿蘭陀通詞の野口伊作さまですね。わたくし、芥川千歳と申します。父小野寺に急な召し出しがあり登城しておりまして、ここにおります同心の水上草介とともにに、ご案内させていただきます」

千歳が野口へ向けて一礼した。

野口は千歳の姿を物珍しげに眺めた。ややあって、にかっと大きく口を開け、歯を見せた。

「ご丁寧にいたみいります。御薬園預かりのご息女が二本差しとは驚きました。阿蘭陀では、このような女子のことを、おんてんばあるというのですが」

草介の肝が冷えた。おんてんばあるは千歳にとって禁句だ。初めて河島に会ったときにそういわれ、いまだに根に持っているのだ。

だが、千歳は表情を崩さずむしろ不敵な笑みを浮かべた。

「存じております。お転婆娘のことでございましょう」

野口は眼を見開き、大袈裟に両手を広げた。

「やー。なんと素晴らしい。あなたのような男装の麗人をみたら、きっとカピタンのヨハネスも大喜びするでしょう」

にこにこ笑って千歳に近づくといきなり抱き締めた。

あああ、と草介が声を上げる間もなく、

「なにをなさる」

千歳の鋭い声が飛んで、どこをどうされたのか、野口の小さな身体が宙に浮いた。

庭に並んでいた園丁や荒子たちも一瞬の出来事に息を呑む。

地面に叩きつけられた野口が、うぐと呻いて顔をしかめた。

「だ、大丈夫ですか。野口どの」

草介が駆け寄り、あわてて野口の背を支えた。野口は草介の手を振り払い、立ち上がったが、袴も羽織も泥だらけになってしまった。

「西洋の挨拶でございますよ、困りますなぁ」

野口が口元を歪め、手についた泥を不快な表情で払う。

「ここは日本国でございますゆえ、そうしたお振る舞いはお止めいただきとう存じます。その、カピタンのよはねすとやらにもそうお伝えください」

千歳は黒々とした太い眉を引き絞り、凛とい放った。

「はっはっは、やはり素晴らしいです。日本の女子は皆優しいが従順すぎて面白味がないといっておりましたので」

千歳は、むっと顔をしかめ、

「草介どの。野口どののお召し替えを。あとはお任せいたします」

身を返すと、御役屋敷のほうへと大股で歩いて行った。髷がいつもより激しく揺れているのは、かなり立腹しているせいだろう。

「参りましたな。嫌われてしまったようです」

野口はまったくめげた様子もなくあっけらかんといった。

任せますとはどういう意味かと草介はしばし考え、はっとした。

吉沢は芥川の供で登城している。つまり、千歳は御役屋敷に行ってしまった。河島も今日は往診に出ていると聞いている。つまり、自分ひとりで相手をするのだ。

「ま、今日はよろしく頼みます」

野口が手を差し出した。草介は眼をしばたたきながら、野口を見つめる。

「挨拶ですよ。互いの手を握り合うのです」

女子は抱き締めるが、男同士は手を握り合うのかと、草介は異国の不思議を思いながら、野口の手のひらに己の手を重ねた。

「こちらこそ。よろしくお願いいたします」

野口の手指に力がこもり、草介も同じように握り返した。

三

同心長屋へ野口を連れて行った。

草介はごくごく普通の背丈だが、野口はかなり小さい。五尺もなさそうだ。袴を着けたが、裾を若干引きずるような感じになってしまう。

「では羽織だけ拝借させてください」

野口は、すこし寒そうな顔をした。

草介は水上家の家紋である丸に下がり藤が入った一張羅の羽織を出した。御薬園同心になった際に、父母が誂えてくれたものだ。芥川に初めて挨拶したときと、東側御薬園の御奉行と対面したときの二度しか袖を通していない。

野口にはやはり大きかったが、「かたじけのうございます」と、羽織紐をきゅっと結んだ。

阿蘭陀人というのは背が高く、筋骨たくましいと聞いたことがある。それは獣肉をたらふく食っているからだという。

草介のようなひょろひょろした体軀では引け目を感じてしまいそうであるのに、野口は通詞として常に阿蘭陀人の傍にいることが、まずすごいと思った。

「あの、お疲れではございませんか。御役屋敷で一度お休みになられてからのほうが」

すでに三和土に下りた野口の背に声をかけると、振り向かずにいった。

「こんな小男が阿蘭陀人の通詞だなんてと思っていませんか」

野口は人心が読めるのではないかと、草介はぎょっとして眼を見開いた。

「そ、そんなことはありませんよ」

野口は首を回し、唇を曲げた。

「河島仙寿から、私のことを聞いているでしょう。西洋聶肩とか、転び伴天連の子孫とか」

あ、いや、そのとおりといいかけて、草介はしどろもどろになった。

正直な方だと、野口は高い声で笑った。笑いながら、三和土から草介を見上げ、己の眼を指さした。

「ほら。わかりますか。私の眼、色が薄いんですよ」

はあと、草介は野口に顔を近づけ眼を覗き見た。たしかに黒より茶に近い。

「母親も黒目の色が薄くてね。幼い頃、ずいぶんいじめられたらしいです。もう大昔の先祖の血がいまだにこんなところに残っているわけですよ。嫌になります。伊作も、阿蘭陀人にはよくある名です」

いさーく、だ。草介に言葉はなかった。どう返していいかわかるはずもない。

「私はあなたのことを知ってますよ、水草さま。以前、河島が文で報せてくれましたから。そこらの漢方医では足元にも及ばない知識をお持ちだとか」

草介は黙って首を横に振る。

「なのに、こんなちっぽけな世界から抜け出ることを恐れている臆病者が見たくて、わざわざやって来たのですよ。囲われた中にいれば、そりゃ安心だ。そこで小さくまとまって、天狗になっているだけでいい」

西側の御薬園を見たいと申し出たのもそのためですと、野口はいささか皮肉っぽく口角を上げた。

えっと草介は眼をしばたたく。

「あ、勘違いなさらないでください。私は長崎へ来いなどとはいいません。そこまでお節介ではありませんのでね」

それでは案内をお願いしますと、野口は先に長屋を出て行った。

まず南の樹林へと向かった。野口はあたりを見回しながら、草介の前を忙しく歩く。

「なんというか、不思議な処ですね」

野口がぼそりといった。

「あちらこちらで花が咲き、畑があり、こうした林がある。どこにでもある風景のようですが、なにかが違う」

野口は杉を見上げていた。

草介の祖父の父、やはり御薬園同心だったという曾祖父の頃からすでにあったという杉だから、樹齢百年は下らない。小石川に御薬園が開かれてから百五十年以上経つが、もしかしたらこの杉は同じくらいの年月を経ているのではないだろうかと草介は思う。

小石川にはそんな樹木たちがたくさんある。

畑を耕し、草花を育てる人の姿は、人間の何倍も生きる樹木たちにどう映っているのか、ときどき知りたくなる。

幹に身体を預け、耳をあててみるが、樹木の声を聞く前に気持ちが穏やかになって、寝入ってしまう。

「答えになりませんけれど、植物だらけでありながら、多少なりとも人の手が入っているからじゃないですか。やはり野山のように勝手に生えているわけではありませんので」

「なるほど」

野口は懐から帳面と矢立（やたて）を取り出し、なにやら書き込み始めた。

それから、樹林を廻りながら、木肌や葉、実をどのように利用しているか、野口の質問に答えた。

矢継ぎ早に野口が質問を飛ばしてくる。その問いは薬効や漢方方剤での調合、我が国で古来使われている薬に至るまで、しつこくて細かくて、少々辟易（へきえき）した。

草介自身が話し上手ではないということもあるが、答える度に野口は帳面へすばやく書き込んでいく。「やーやー」といちいち頷くのは、阿蘭陀語だろうか。はいとか、わかったとか、そういう意味かもしれない。

樹林から畑に移り、畦を歩きながら野口が驚き顔をした。

「これは」

野口は畑の菜に眼を奪われていた。

草介も野口に合わせて眼を向ける。畑には粗い鋸葉を茂らせた菜が植えられている。

茎の高さも十分。緑の葉も元気一杯だ。

ただ悲しいかな植えてあるだけの菜だった。生薬にはならず、食べるのも皆躊躇している。薬を作っている御薬園の者たちがいうのも不謹慎な話だが、薬臭いのが嫌だという。

「薬が薬臭いのは当たり前ですが、菜っ葉がはなから薬臭いんじゃ食えねえ」

若い園丁は刈り取りながらいつも苦い顔をした。

草介も試してみたが、やはり食べ方がよくわからない。生でかじると、瑞々しく歯ごたえもあってよいのだが、筋張っているのが、なんとも苦手だ。

野口は畑に入り、しゃがみこむと皆が苦手とする匂いを放つ葉に鼻先をつけて嗅いだ。

「やはり、せるでらい（セロリ）だ。これがどうしてここに」

野口は、その場で立ち上がり草介に向かって声を張った。

「はあ、せるでらい、ですか。ああ、きっと阿蘭陀ではそういうのでしょうか。こちらでは清正人参と呼びます」

野口の口があんぐり開いた。

「きよまさ、にんじん？」

「まあ、どう見ても人参っぽくはありませんけど、あ、あとは阿蘭陀ミツバとも呼ばれます」

「ミツバ……そちらのほうが似ていなくはないが、どうしてこれがここにあるのです」

野口が懸命にいい募るのが不思議だった。

草介はぽりぽり額を掻くと、

「ええと、伝えられている話によりますと、虎退治で知られております初代の熊本藩主の加藤清正がですね」

太閤秀吉の下した朝鮮出兵のおり、そちらで「これは人参だ」と騙されて持ち帰ったものだとされていると告げた。

「熊本で栽培されていたかどうかは定かではありませんが、その後、再び阿蘭陀船によって伝えられ、これは、清正人参だと」

野口は、面倒くさそうに頷いている。

「でも、そのときに名付けられたのが、阿蘭陀ミツバです。こちらの名のほうが植物的にも理にかなっていると思います。いかんせん香りがきつく、どうも我々の口には合わないと、あまり栽培されていないのですが」

あっと、草介は野口へ期待を込めた視線を放った。

「野口どのは、この清正人参を見て驚かれたではないですか。ということは、この人参の食べ方をご存じなのではありませんか。ならば、お教えいただきたい」

草介は身を乗り出した。

「御薬園には、まだまだ効用、薬効のわからない植物がたくさんあるのです。西洋種である清正人参もそのひとつです」

まあ、知らぬわけではないがと、野口はもったいぶった口調でいいながら、ほつれた髪を撫でつけた。

「阿蘭陀商館では、獣肉を食す際、せるでらいを、付けあわせにして茎を生のまま齧ります。葉はそっぷなどに入れることもあるかと。滋養や強壮、腹にもいいのです。私も大好きですよ。阿蘭陀商館でよく食べさせてもらいますのでね」

「生は少々勇気がいりますが、そっぷとはいかなるものでしょう」

野口は、申し訳ないとばかりに、両手を広げ、軽く肩をすくめた。

「日本では汁物、になりますか」

ほうと、草介は幾度も頷いた。

「まあ、我が国の者では、この芳香がわかるかどうか。西洋の香りですからな」

「西洋の香り、ですか」

ぼんやり呟く草介が、うっとりしているように見えたのだろう、うむと、野口は満足げに首肯した。

「西洋は、我が国よりも、文化も産業も進んでいる。長崎は、我が国で唯一、世界へ向けて門戸を開いている地。私たち阿蘭陀通詞は、いわば世界を相手に仕事をしているようなものです」

野口は、小さな体軀で精一杯、胸を張った。

あのうと、草介は探るような声で訊ねた。

「漬物やお浸しになりませんかねぇ、清正人参」

はあっと、野口が顎を下げた。呆れているのがあきらかにわかる。

「酢漬けならばわからなくもないが、ぬかや塩揉みを考えていらっしゃるのか。これは西洋のものです、外国の産だ。だいたい、ここにあるのがまず気に障る。なぜナスと一緒ですか」

「でもここにしっかり根を張っておりますが」

「馬鹿馬鹿しい」

野口が若干声を荒らげ、歩き出した。離れた畑にいる園丁が何事かと振り向いた。

ふむと、草介は口元を曲げ、野口の後を追う。いつもああして早足なのだろうかと、草介は首を傾げた。

「野口どの。一旦、御役屋敷に戻って休みませんか。それにしても足がお速い」

草介はちょっと息が荒くなっていた。

だが、野口は一向に歩を緩めず、

「遅れてはならないからですよ」

ぼそりといった。

「え？　なんですか。いまなんと」

草介が訊き返すと、野口は急に立ち止まって振り向いた。見れば広い額にはうっすら汗が滲(にじ)み、肩が上下している。野口も息が苦しいのだろうと思った。

「あなたはだめだ」

野口が吐き捨てるようにいった。

草介は面食らって立ちすくむ。

「なぜ足が速いか。当たり前ですよ。私は小男ですからね、阿蘭陀人の一歩が私の二歩ですよ。速く歩かなければ置いていかれてしまう」

野口は自嘲気味にいって、唇を歪めた。

「訊き返すのもだめです。カピタンにもう一度いってくれと頼めますか」

あああ、そうなのかと草介がぼんの窪に手をあて、俯いたときだ。

鈍い音がして、草介の足元に突然野口が転がった。

「野口どの。どうなされました、野口どの」

草介は、野口の広い額に手をあてた。かなり熱い。羽織を所望したのも、すでに寒気があったからだろう。

「おおーい。誰か。戸板を持ってきてくれ」

草介は声を張り上げた。

四

御役屋敷の廊下を、音を立てて千歳が歩いて来る。

「野口どのが倒れたというのはどういうことですか。具合は、病は」

ぽんぽん言葉を浴びせられ、廊下に控えていた草介はあたふたしながら答えた。

「かなり高い熱がありまして。あのそれと、尻から、その尻がですね」

「はっきりなさい。お尻がどうしたというのですか」

「下帯が汚れておりまして。血膿が」

千歳がぴたりと足を止め、

「もしやわたくしが投げ飛ばしたからでしょうか」

真顔で呟いた。

「いやあ、それはないというか、地面に叩きつけられた衝撃で裂けた、なんてことはあるかもしれませんが」

「衝撃で裂けた……まさか」

千歳の顔からみるみる血の気が引いていく。

「阿蘭陀通詞を投げ飛ばし、なおかつお尻を裂いてしまったなど」

どうしたらいいのかと、千歳が、すがるように草介の袖を摑んで顔を上げた。草介の心の臓のほうが、どうしたらいいのかわからないほど激しく脈打つ。

「ああ、すみません、裂けたのは出来物です。尻にあった出来物」

えっと千歳が眉をひそめ、草介の袖から指を放した。

がらりと、障子が開き、

「野口は痔ですよ。正しくは一歩手前というところでしょうか」

野口を休ませた座敷から、河島がにこやかな顔で出てきた。往診から戻って来ていたので助かった。

「むしろ膿が出てしまってよかった。ほうっておけばもっと膿が溜まり、切らねばならなくなっていましたから。あとは痔にならぬように気をつけないと」

おそらく長旅で通じが不規則になったせいだろうと河島はいった。

「捻くれ者ですけど、細やかなんですよ、心が。通詞は人を繋ぐ役目だといっていましたからね。言語がわからない者同士、万が一、間違ったことを伝えたら大変なことになると、いつも気をすり減らしていたようです」

河島は小さく息を吐いた。

夕刻、目覚めた野口はうつ伏せのまま、ぼそぼそ話を始めた。

「先祖は隠れるように暮らしていたらしく、なんというのか排斥されたその記憶が残っているんでしょうか。けど、私は小男で、顔ものっぺりとしています。河島のほうがよほど阿蘭陀人ですよ。でも眼だけが異人だと、からかわれ、除け者にされてきました」

野口はそっと息を吐いた。

「河島が、いさーくと呼んでくれるのは奴なりの優しさだと思いましたよ。私は阿蘭陀人に認められようとして懸命でしたから」

これまで頑張ってきたが、此度、参府の話が出ると、カピタンも長崎奉行所も、野口か、もうひとりの通詞かと、同行者を決め兼ねているという噂が耳に入ってきた。

「私はやはりどちらからも認められていないのだと、消沈が憤りにもなり」

相手より一歩先んじるために江戸へ出て来たのだと、野口は唇を噛み締めた。

うーんと、草介は天井を眺めた。

「どっちでもいいじゃないですか」

野口がきょとんとした顔をする。

「さきほど案内のときにお話ししたとおり、御薬園には、異国の植物もたくさんあります。海を越えてきて、水も違う、土も違う、暑さ寒さも違うと、種だってたぶん悩んだでしょうねぇ。でも、ぐずぐず悩んでいたら枯れちゃいますから」

悩んでいる暇に、芽を出して葉を出して花を咲かせるんですよ、と草介は笑った。

「清正人参だってそうです。こんな名前にされて、どうしようと思ったかもしれないです。でもここじゃ気にせず、しっかり根付いて、昔からここにいたような顔をしています」

草介は少しずれた夜具を掛け直した。

すると、野口がうっと枕を抱えて呻いた。

「すみません。尻が痛んで、痛くて涙が出そうです」

草介が座敷を出てまもなく、野口の嗚咽が洩れ聞こえてきた。

野口は尻の具合が落ち着くまで御役屋敷に滞在することになった。

その夜、草介が御役屋敷の台所を借りていると、千歳が、そっと覗きに来た。鍋をかき回している草介に、

「なにを作っているのです？　味噌汁ですか」

「阿蘭陀ふうにいうと、そっぷ、です。それとお浸しを」

千歳は鮮やかな緑をした菜を手にした途端、眉を寄せ、不快な表情をした。

「この菜は初めて見ますが、香りが、すごくきついです」

「清正人参です。異国の人は、生で食するのだそうですよ」

「まあ、これを。こちらは、芹ですね」

芹の入った笊を持ち上げて千歳はまた顔をしかめる。

「これも香りが強いですね」

草介は、頷く。

「花の咲く前がいいのですが、水路沿いにぎりぎりまだ残っていたので助かりました」

「これを、野口どのに」

「はい、そうです」

草介は頷いた。

「野口どのは、清正人参を西洋の香りだとおっしゃいましたが、芹は東洋の香りかもしれませんねぇ」

芹は、便通をよくし、汗を出させるので解熱も期待できる。清正人参は、野口のいったとおりだとすれば、腸を整え、疲労を回復させる効果がある。

「東西ともに、いい香りです」

草介は千歳へにこりと笑いかけた。


痛みの取れた野口は早速御役屋敷を出て視察を始めた。御薬園を巡りながら、野口は、草介がいうことを、洩らさぬよう懸命に記している。

「御薬園は、約四万五千坪の敷地に、四百五十種もの草木が植えられています。樹齢百年を超すものもあれば、一年で枯れ行くものも当然あります。植物同士の競い合いもあります。弱い物は淘汰(とうた)され、姿を消します。互いに生きるために必死ですから」

なかなか厳しいですよ、人と同じですねぇと、草介はのんびりいった。野口の筆が止まる。

「ときには、他人を出し抜くことも必要なんでしょうけれど、通詞の役目は人を繋ぐことと、野口どのは考えていらっしゃると、河島先生から伺いました。そこが一番大事なのでしょうね」

草介を、野口が上目遣いに窺い見る。

「そうそう、野口どのは、ここがちっぽけな世界だとおっしゃいました。たしかにそのとおりです。ですが、ここは我が国の物、異国の物が混在する草木の世界です。いうなれば、私も世界を相手に日夜奮闘しているのですよ」

野口は険しい目元を緩め、呆気にとられた顔をした。

「おかしな人だ。おかしいが、ほっとする。しぇんじゅーがあなたを認めているのが、ちょっと悔しかったが、わかったような気がします」

野口がふっと笑った。

「まさか、せるでらいの葉を味噌汁に入れるとは思いませんでしたが。なかなか美味(うま)かったですよ。カピタンにも勧めてみましょう。芹のお浸しも香りが豊かで、食欲がでました」

「東西の香り合戦はいかがでしたか?」

「勝敗など——引き分け、です」

だんく、そーすけんどのと、野口が小声でいった。

翌日、河島の治療の甲斐もあって、すっかり快復した野口は御薬園を後にした。

「しぇんじゅー。世話になったな」

「気をつけて帰れよ、いさーく」

はっはっは、と御役屋敷の庭に笑い声が響いた。

河島と野口が抱き合い、互いの肩を叩いていた。仲がよいと男同士でも抱擁を交わすのだと感心していると、野口が草介へ眼を向けた。

草介は一冊の帳面を野口に差し出した。吉沢の許可を取り、草介が丸二日かけて写したものだ。

中をあらためた野口が、茶色の瞳を輝かせた。

「御薬園で栽培されている草木のほとんどが、ここに記されております。これをカピタンどのや、阿蘭陀医師のお方に、野口どのから伝えてください。きっと興味を持たれると思いますよ」

野口は感慨深く、息を吐き出した。

「かたじけのうございます。では、そーすけんどの、必ずや二年後にまたお会いいたしましょう。千歳さまもお元気で」

野口はきちりと腰を折り、身を返した。

しばらく姿を見送っていた千歳が、

「しぇんじゅー、いさーく、そーすけんとは。阿蘭陀ごっこですか」

草介と河島へ冷たい視線を放ってきた。

河島は手拭いの結び目を締め直し、草介はあらぬ方向に眼をやった。

「まったく殿方は馬鹿馬鹿しいことがお好きなようですね」

千歳が身を翻(ひるがえ)した瞬間、頰がほころんでいるのがちらと見えた。

お勢殺し

宮部みゆき

一

深川富岡橋のたもとに奇妙な屋台が出ている――という噂を耳にしたのは、ちょうど藪入りの日のことだった。

新年一月十六日前後、俗に「地獄の釜の蓋も開く」と言われる藪入りは、盆の藪入りと共に、厳しいお店暮らしの奉公人たちにとっては一年のうちで何よりも楽しい日であった。一日お暇をもらい、親元に、家族の元に帰ってのんびりと過ごす。墓参りをする。勝手向きの具合がよく、奉公人思いのお店のなかには、この日、休みをとる奉公人たちに小遣いを渡すところもあり、たとえ雀の涙ほどの額であっても、日ごろは古着一枚自由には買うことのできない身分の者たちにとっては、それがまた輪をかけて嬉しいことになる。

ただし、浮かれ気分のこの一日に、気をつけねばならないこともあった。奉公人たちのなかには、日帰りのきかない遠方から来ている者もいるし、様々な事情で帰る家のない者もいる。彼らのうえにも藪入りの浮かれ気分はひとしなみに訪れる。しかし、こういう寂しい身の上のお店者たちは、概してこの日、食い物屋や岡場所や酒場、見世物小屋や芝居小屋など、日ごろ入りつけない遊興場所で、厄介な騒ぎを引き起こしたり巻きこまれたりすることが多いのだ。それだから藪入りは、一面、十手持ちにとっては気の抜けない一日ともなるのである。

本所深川一帯をあずかり、「回向院の旦那」と呼ばれる岡っ引きの茂七のところも例外ではなかった。通称の由来のとおり、回向院裏のしもたやに住まう茂七のところには、下っ引きがふたり出入りしているが、彼らにとっての藪入りは、朝早くから夜木戸が閉まるころまで縄張一帯を見回り、この日だけお大尽気分のお店者たちが好んで立ち寄りそうな店々に顔をのぞかせて、それぞれの店の気質に合わせ、あんまりあくどいことをしなさんなと因果を含めておいたり、慣れない連中をよろしくなと頼んでおいたりという仕事に明け暮れるという一日だ。

富岡橋のたもとの屋台の一件は、そういう行脚仕事のあいだに、下っ引きのひとり糸吉が耳に入れてきて、茂七のかみさんがこしらえた昼飯をかっこみながら話してくれたものだった。

「なんでその屋台が妙だって言うんだい」

糸吉よりも先にぶらぶら歩きの見回りから戻っていた茂七は、もう昼飯を済ませ、煙草をふかしていた。ふうと煙を吐きながら、どんぶり飯にくらいついている糸吉に問いかけた。

「熊の肉でも食わせるってわけじゃねえんだろう？」

「そんなわきゃねえですよ。あっしもちょいと見に行ってきたんですがね、売りもんはただの稲荷寿司でさ、へえ」

すきっ歯のあいだから盛大に飯粒を吹き飛ばしながら糸吉は答えた。

「当たりめえの稲荷寿司ですよ、枕ほどでっけえってこともありゃしません」

おひつを脇において糸吉の食べっぷりをながめていた茂七のかみさんも、これには吹き出した。

「そんな稲荷寿司だったなら、糸さんが食べずに帰ってくるわけないもんねえ」

笑いながら、糸吉の差し出したどんぶりにお代わりを盛ってやる。そのあいだに糸吉は、畳に散ったごはんつぶを拾い集めて口に入れる。どうしても黙って飯を食うことのできないおしゃべりな気質の糸吉の、これは日ごろの習慣である。

「ほんとでさ。だけどあっしはあいだ食いはしねえですよ。おかみさんの飯をたらふく食いたいからね」

「無駄口はいいから、ちゃんちゃんと話せ」

茂七が促すと、糸吉は二杯目の飯を頬ばりながらもごもご言った。「夜っぴて開けてる屋台なんでさ」

「その稲荷寿司屋がかい」

「へえ。夜鳴き蕎麦でもねえのに、丑三ツ（午前二時）ごろまで明かりをつけて寿司を並べてるってんで、あのあたりの町屋の連中が首をひねり出しましてね。そりゃあ、あのあたりの店はみんな宵っぱりですけどね、それだって、仲見世の茶屋が店じまいするまでの時刻でしょう。丑三ツ刻まで開けてるなんてのは聞いたことがねえ。そんな遅い時分じゃあ、ふりの客なんか通りかかるわけがねえでしょう？　なんのために開けてるんですかね。しかも、そんな遅くまでやってるくせに、翌日の昼前にはもう商いを始めてるっていうから働きもんだよね」

たしかにそうだ——と、茂七はちょいと首をひねった。

富岡橋のあたりといったら、名高い富岡八幡さまを背中にしょっているうえに、近くには閻魔堂もある。一年中大勢の参詣客が訪れる場所として、屋台に限らず食い物商売にはうってつけのところだ。実際、出店は数多く、様々な食い物飲み物が売られている。そして、糸吉の言ったとおり、夜は夜で八幡宮の仲見世の明かりを恋うて訪れる男たち、洲崎の遊郭帰りの客たちをあてこむことができるから、これらの店はみな夜更けるまで明かりをつけていることも多いのだ。

だがそれでも、真夜中すぎまで開けているということはない。少なくとも、茂七が知っている限りでは。いくら吉原の向こうを張ると胸を張ってみても、やはりここらの町は夜ともなれば物騒なところであり、物盗りや追剝ぎ、猪牙舟に菰をかけたようなお手軽なあつらえで稼ぐ女たちが跋扈する土地柄である。そういう場所で、夜っぴてこうこうと明かりをつけて稲荷寿司を売っているというのは、解せないというよりも不用心なことであるように、茂七には感じられた。

「で、おめえはその屋台の親父の顔を見てきたのかい？」

茂七の問いに、糸吉はうなずいた。「親分よりちょいと若いくらいの年格好の親父です。髷のここんとこらへんに——」と、耳の上のあたりを示して「だいぶ白髪がありました。そういうとこは、親分より老けてたね」

茂七は新年を迎えて五十五になった。五十の声を聞いたときに急にがっくり歳をとったような気分を味わったが、ここまでくると五十路にもすっかり慣れて、還暦まではまだ間がある、まだそれほどの歳じゃねえ、などと思ったりもするようになった。

「顔はどうだ。つやつやしてたか。それともしわしわか」

「さて」糸吉は真顔で思案した。「親分と比べてどうかってことですか？」

かみさんがまたぷっと笑った。茂七はふんと言って煙管を火鉢の縁に打ちつけた。

「まあいい。おいおい、俺もその親父の様子を見にいこう。新参者の屋台の親父がそんな商売をしてたんじゃ、遅かれ早かれもめ事が起こるにちがいねえ」

すると、糸吉は目をぱちぱちさせた。

「それがね、それも妙ってば妙なんですけど、梶屋の連中もその親父のことじゃおとなしいんですよ」

梶屋というのは黒江町の船宿のことである。が、深川の者なら、誰もそれをそのとおりに受け取ったりはしない。梶屋は、この地の地回りやくざ連中を束ねる頭目である瀬戸の勝蔵という男がとぐろを巻いている巣だ。店そのものは造りの小さい小ぎれいな船宿以外の何物にも見えないが、そこの畳を叩いてみれば、たちまち前が見えなくなるほどの埃が舞いたつというところだ。

この勝蔵も茂七と同年配の男だが、やくざ渡世を無駄に歳食ってすごしてきたわけではなく、とてもはしこい。縄張内の商店や屋台が言いなりの所場代――ふざけたことに、勝蔵はこれを「店賃」と呼んでいるらしい――を払っている分には、手荒なことは何もしない。むしろ、争いごとの仲裁などもする（もっとも、そこで高い手数料をとるわけだが）し、火事や水害のときなどは、屋根に梶屋の屋号をつけたお救い小屋を建てたりする（そうやって地主連に貸しをつくるというわけだが）。博打場もあちこちに隠し持っているが、これまでそこで素人衆を巻きこんだあからさまな血生臭いことが起こったというためしもない。茂七も勝蔵とは長い付き合いになるが、正直、縄張のなかにいられて、ひどくやりにくいという相手ではなかった。茂七がその手札を受けている南町奉行所の旦那も、

「勝蔵は、ごまの蠅というよりは熊ん蜂みたいな奴だが、目のねえ熊ん蜂じゃあねえからな。目のねえあぶよりはましかもしれねえよ」

　と認めているほどだ。

「するてえと、その親父、勝蔵に相当な鼻薬をかがしてるってえわけかな」

「そうとしか思えねえけど……」糸吉は、急に声を落とした。「でも、あのへんの店屋でちらちら聞いた話だと、去年の師走の入りのころ――ちょうどそのころ、その稲荷寿司屋が店開きをしたんですけどね――梶屋の手下がいっぺん、その親父んとこへ来たらしいんですよ。かなり強もてでね。けど、半刻（一時間）もしないうちにとっとと帰っちまって、そのあと、勝蔵がじきじきに御神輿あげてやってきて、なにやら話しこんで、また半刻ばかりで引き上げて、それっきり音沙汰もおかまいもなしだってんです」

「千両箱でもぶつけられたんじゃないの」と、かみさん。「勝蔵って人はそういう人よ」

「いやいや、おかみさん、そういうけどね、でも俺の聞いた話じゃ、そのときの勝蔵が、なんだか小便でももらしそうな顔してたっていうんでさ。妙でしょ？　あの勝蔵がですよ」

　今度こそ、茂七も本当に首をかしげた。これは、ちょいと妙だという以上のものだ。勝蔵がじきじき雪駄をつっかけてお運びに及んだなどという話、これまで耳にしたことはない。

その稲荷寿司屋、怖いもの知らずの素人屋台というだけでは片付けるわけにはいかない。煙管を手にしたまま、茂七は、こいつはうっかり手出しはできねえかもしれないぞと考えこんでいた。

ところが、そんな茂七のもの思いは、表から聞こえてきた新しい声に破られた。

「昼飯はお済みですか、親分」

戸口のところで、牛の権三が片膝をつき、こちらを見ていた。空っ風に巻かれた木の葉のような糸吉とは正反対で、急ぎのときでさえ走らずにのしのし歩く。どたどた音をたてることこそないものの、あまりに鈍重なその動作に、「牛」という通り名がついたという男だ。新川の酒問屋に三十年勤めあげ番頭にまでなったのに、些細なことでお店を追われ、あれこれあって、四十五という歳で茂七の下っ引きになって一年経つ。この道では、やっと二十歳になったばかりの糸吉よりも新米である。

茂七の元には、長いこと、文次という若者が下っ引きとして働いていたのだが、この文次が、二年ほど前、ちょっとした縁に恵まれ、ある小商いの店から婿にと望まれた。茂七はもともと、こういう稼業で食ってゆくには文次は少しばかり気が優しすぎると案じていたこともあり、本人が承知ならと喜んでこの話を受け入れた。

岡っ引きと下っ引き――つまり親分と手下との関わりには濃い薄いがある。常に親分のそばについて一緒に働く手下もいれば、用のある時だけ呼び出されて仕事を手伝う者もいる。茂七にとって、文次は関わりの濃い手下だったので、彼がいなくなると、当時はいっぺんに身辺が寂しくなった気がしたものだ。

が、世の中巧くできている。文次が去ってまもなく、茂七もまた別の縁に巡り合い、最初に糸吉、次に権三と、続けて手下ができた。今ではかなりにぎやかな暮らしをしている。

「ああ済んだよ、なんだい」

「腹具合の悪くなりそうなもんがお出ましになりましたので」

お店時代の癖なのか、権三は持ってまわったものの言い方をする。だが、茂七はぴりりと緊張した。

「何が出たい」

「女の土左衛門です」と、権三は答えた。

「下之橋の先で杭にひっかかってあがりました。すっ裸で、歳は三十ぐらいです。おかみさん申し訳ねえ、こんな話をお聞かせして」

三十年近く岡っ引きの女房をやっている女をつかまえてそんなことを言うとこ

ろ、権三の芯はまだまだ番頭なのである。

「おめえも、いつまでたっても馬鹿丁寧な野郎だ」と言いながら、帯に十手をねじこんで、茂七は立ちあがった。

二

大川端に引きあげられ、筵で覆われていた女の土左衛門は、一見したところでは傷もなく、殴られたり叩かれたりしたような痕も残っていないきれいな身体をしていた。それほどふくれた様子もないところから見て、水に入ってからせいぜいひと晩というところだろう。

「でけえな」

筵をはぐり、女の肢体を一目見て、茂七はまずそう言った。死に体になって横たわっていてもすぐにそれと知れる背の高さとなると、生きていたときにはもっと大柄に感じられたことだろう。

「覚悟の身投げですかね？」

糸吉の問いに、茂七は逆に問い返した。

「なんでそう思う」

「死に顔がきれいですよ」

たしかに、女はかすかに眉をひそめたような表情を浮かべてはいるものの、恐怖や苦悶の跡を窺わせるようなところは見えない。

「女が心を決めてどぶんとやらかすときは、裸になんかならねえもんだ」

「川の水にもまれてるうちに着物が脱げちまったのかも」

「夏場ならともかく、この季節じゃ、まずそんなことはねえ、脱げるのは履き物ぐらいのもんだ」

新年のご祝儀だろうか、年明けからずっと好天続き、今日もしごく御機嫌のお天道さまが輝いている。大川の水は空の色を映してどこまでも青く、そのままその上を滑って行くことができそうなほどに凪いでいる。だが風は頬を凍らすほどに冷たく、川面に身体を向けて立っていると、すぐに耳たぶや指先の感覚がなくなってきた。この寒さでは、誰もがしっかり紐や帯を締めて着物を着込んでいるし、いったいに、水に入って死のうという連中は、飛びこんだときの水の冷たさを思ってのことだろうが、普段よりも厚着をするものだ。それだけの支度が、荒れてもいない川の流れに巻かれたくらいで、ここまできれいに裸になるということは考えられない。

「じゃ、岡場所女の足抜けだ」糸吉は、思い付いたことをすぐ口に出す。「逃げようとしたところを見つかって、川へざぶんと」

茂七は笑った。「それなら、もうちっと辛そうな怖そうな顔をしてそうなもんだ。てめえがさっき言ったことと違うぞ。それに、足抜けしようとして殺された女なら、身体に折檻の痕が残ってる。あて推量はそのへんにして、権三を手伝って、集まってる野次馬のなかから、何か拾いだせねえかどうか当たってみろ」

糸吉を追っ払い、茂七は女の身体の検分を続けた。肌のきめ、下腹や乳房の具合からして、権三のつけた年齢の見当は当たっていよう。腕や首、顔のあたりの肌色が、胸や太ももなど、着物で隠れている部分の肌よりも薄黒いように見える。それに、二の腕や太ももの肉の付きかた——堅く張り詰めて、頑丈そうだ。

これが男なら、お天道さんの下で力仕事をしている野郎だと、茂七はすぐに見当をつけただろう。だが、この仏は女だ。

（うん？　これは……）

女の右肩に、茂七のてのひらぐらいの大きさの、薄い痣のような影がある。触れてみると、そこだけ皮膚が堅くなっていた。

「おい」まだ仏のほうを向いたまま、茂七は手下たちを呼び寄せた。ふたりは急いで人ごみを抜け近寄ってきた。

「女の行商人を探してくれ。まずはこのあたりからだ。見掛けたことはねえかってな。てんびん棒担いで商う行商だ。魚や野菜——ひょっとすると酒かもしれねえ。女でそういう担ぎ売りをするのは珍しいから、うまくいけばすぐに当たりがあるだろう」

「この女がそういう商いだっていうんですかい？」

権三の問いに、茂七はうなずいた。「右肩に胼胝がある。それも年季の入った代物だ」

狙いは当たっていたし、神さんからの遅いお年玉ということだろうか、茂七にはツキもあった。ようよう駆けつけてきた検視のお役人と話をしているあいだに、糸吉が女の身元をつかんできたのだ。

東永代町の源兵衛店の住人で、名はお勢。担ぎの醤油売りだという。

「今朝からずっと姿が見えないし、部屋にもいない。商いに出た様子もないんで心配していたところです」

駆けつけた茂七たちに、源兵衛店の差配人はこう言って、苦い顔をした。

「それで、相手の男は見つかりましたか」

「相手の男？」

「ええ、お勢は心中したんでしょう？　あれだけ熱をあげてたんだ、ひとりで死ぬわけがない」

醤油売りのお勢は歳は三十二、心中の相手だと思われる男は、お勢が醤油を仕入れていた問屋野崎屋の手代で二十五になる音次郎という男だという。茂七はすぐに、御舟蔵前町にあるという野崎屋に糸吉を走らせた。

差配人の話では、お勢は七十近い父親の猪助とふたり暮らしで、猪助は酒の担ぎ売りをしていたという。

「父娘で仲良く働いて、こつこつ稼いできたんですがね。去年の春ごろ、猪助が身体をこわしまして。はっきりした診立てはつかないんだが、熱が続いて飯も食えなくなって、とてもじゃないが酒の担ぎ売りどころじゃなくなった。一日寝たり起きたりでね。私も心配しまして、いろいろ手を尽くして、結局、ようよう秋口になって、小石川の養生所へ入れてもらえたんですよ」

「じゃあ、今もそこに」

「ええ。最初のうちはお勢もしょっちゅう見舞いに行ってたんですがね、音次郎さんとできちまってからは親父なんかほっぽらかし、音次郎さんのあとばかりつけまわしていたんです。先方は、いっときの気まぐれの色恋からさめると、あとはただお勢から逃げ回っていたようでしたが」

「差配さんは、音次郎さんと会ったことがあるのかい」

「いえいえ、ありません。音次郎さんてひとはここへ来たことさえないから、お勢の色恋沙汰を知ってるここの連中も、誰も音次郎さんの顔を見たことはないんです。お勢の話じゃ、そりゃいい男のようだったけど」

あたしゃやめろって言ったんですよと、差配人は苦りきった。

「いっとき、どれだけ優しいことを言われたんだか知らないが、相手は問屋の手代、しかも野崎屋でも切れ者で通ってるひとで、そろそろ番頭にとりたてられそうだって噂もあるんだよ、それに引き換えあんたは担ぎ売り、しかも年上だ、まともに釣り合う仲じゃないし、音次郎さんにあんたと所帯を持つような気持ちがあるわけがねえってね。だけどお勢は耳を貸してくれなかった。もし捨てられたら死ぬだけだし、そのときはひとりじゃ死なない音次郎さんも道連れだって、目をつり上げて言ってました。怖いようでしたよ」

怖いと言いながら、差配人の顔は痛ましいものを見るときのように歪んでいた。

「お勢は働きづめで、たしかに娘らしい楽しみなんか何も持っちゃいなかった。あの娘は大柄で骨太で色黒でね。女だてらに担ぎ売りなんかやれたのはその身体があったからですが、その分、娘としちゃ損ばっかりしてきた、そんな女だ。いきなり甘い夢見せられて、頭がおかしくなっちまったんでしょう。遊びだったんだろうけれど、音次郎さんも罪なことをしなすったもんです。まあ、もう死んじまったひとのことを悪くは言いませんが」

なんまんだぶなんまんだぶと唱える差配人を、茂七は苦笑してとめた。

「念仏はまだ早いよ、音次郎がお勢と心中したと決まったわけじゃねえ」

茂七のにらんだとおりだった。野崎屋に馳せさんじて戻ってきた糸吉は、目をくりくりさせながらこう言ったのだ。

「音次郎って手代は、今朝早立ちして、川崎のおふくろのところへ帰ってるそうです。藪入りですからね、親分」

まだ手を合わせたまま目をむいている差配人に、茂七は「そうらな」と言った。

三

音次郎がもしお勢殺しの下手人（げしゅにん）なら、もう野崎屋には戻ってこないだろう。だが、もし関わりがないか、あるいは関わりがないとしらを切り通すつもりでいるのなら、今夜のうちには戻ってくる。どっちみち川崎まで追っかけることもない。糸吉を野崎屋に張りこませておいて、茂七は権三とふたり、源兵衛店のお勢の部屋を調べることからとりかかった。

源兵衛店は十軒続きの棟割（むねわり）だが、建物の裏は幅三間ほどの掘割に面している。お勢の部屋からもじかに掘割をのぞむことができ、土手を乗り越えればすぐに水面だ。

薄べったい布団に行李がいくつかあるだけの、貧しい住まいだった。台所道具も使いこまれた古いものばかりだ。

「お勢はここから水に入りましたね」と、権三が言った。「殺しかどうかはわからねえけど、場所はここでしょう」

「どうしてだい」

「お勢は赤裸でした。外には出歩けねえ」

「他所で裸にむかれたのかもしれねえ。着物ぐらい、どうとでも捨てることができる」

「行李のなかに、袷の着物が二枚、腰巻きが三枚、じゅばんも三枚入ってます。帯だの紐だの数と突き合わせると、たぶんそれが、お勢の持ってた袷の着物の全部でしょう」

「だろうな、それは俺もそう思う」

別の行李には、お勢が商いに出るときに着る衣服の一式がふた揃い入れられていた。担ぎの醤油売りは、着物の裾をまくり、下には股引をはく。頭には頭巾をかぶって商いものに髪の毛が落ちるのをふせぐ。それらのうち、ひと揃いは洗ってたたんだままの様子だったが、上のほうにのせられていたもうひと揃いは明らかに昨日まで着られていたもののようで、襟が薄く汚れ、足袋の裏にも土埃がついていた。

「昨日の何時か、お勢は商いから戻ってきて、ここで支度をとって、そのまま川へ入った――あたしにはそう見えます」

「どうして着物を脱いだんだろう」

「それはわからないですが」権三は顔を曇らせた。「女ってのは、ときどき思い切ったことをしますからね」

「そいつは俺も同感だ」

茂七は首をめぐらせ、土間の水瓶の脇に重ねてある醤油樽とてんびん棒に目をやった。

「昨日、お勢が一度ここへ戻ってきたということにも同感だ」

土間に降り、醤油の匂いがしみこんだ樽に手を触れてみる。よく使いこまれたてんびん棒は、それだけでもちょっとした重さがある。すぐ脇には身体をこわすまで父親の猪助が使っていたものだろう、似たような担ぎ売りの道具一式が立て掛けてあったが、こちらは埃をかぶっていた。

「じゃ、やっぱりここで水に――」

権三を制して、茂七は続けた。「お勢は殺されたんだと、俺は思う。痕の残らねえ殺しかたはいくらでもあるからな。着物も履き物もそっくりここにあるところを見ると、場所もここだろう。昨夜、遅くなってからのことじゃねえかな。それなら、潮の具合や川の流れからいって、ひと晩で下之橋あたりまで行っててておかしくねえ。ただ、どうして裸にしたのかがわからねえがな」

そこのところはひっかかる。なんで裸にしたんだ？

お勢の部屋を出ると、茂七と権三は、源兵衛店の連中から、このところのお勢の様子と、昨日の彼女の出入りについて訊き回ってみた。それによると、猪助が元気で商いをしていたころは、お勢も近所付き合いがよく、長屋のかみさん連中とも親しくしていたのだが、音次郎とのことが起こってからは、急に疎遠になったという。

「あたしたちが、音次郎さんとのことでいい顔しなかったから、腹を立ててたんでしょう」と、かみさんのひとりが言った。

「あんた騙されてるんだよって、あたしはっきり言ったことがありますよ。相手は本気じゃない。お勢ちゃん、日銭稼ぎの暮らしは不安だからって、爪に火を灯すみたいにして少しばかりお金を貯めてたけど、音次郎なんてひとは、その金ほどもあてにはできない男だよって」

茂七はその金のことを頭に刻みこんだ。調べた限りでは、お勢の部屋に蓄えらしきものはなかったからだ。

昨日のお勢の動きについては、商いに出ていったのが何時ごろだったのかははっきりしなかったが、帰ってきたところを見ていた者が見つかった。向かいに住む新内節の師匠が、昨日の暮れ六ツ（午後六時）に、てんびん棒担いだお勢が戸口を開けて部屋のなかに入ってゆくところを見かけたという。

「それって何も、昨日だけのことじゃありませんよ。あたしも毎日、だいたい夕方のその時刻に出稽古から帰ってくるんです。お勢ちゃんが帰ってくるのを、今までも何度も見かけました。いつも六ツの鐘と一緒に帰ってきてました。そういう習慣だったんだね、きっと」

「後ろ姿を見たんだな？」

「ええ、だけど確かですよ。あれはお勢ちゃんでした。着物も頭巾もいつものやつでね」

「時刻は確かかい？」

「毎日のことだもの。それに、ちょうど六ツの鐘が鳴ってましたから」

となると殺しはそのあと、音次郎が——たぶん野郎が下手人だ——お勢を訪ねてあの部屋に入りこんだのもそれ以降ということになる。音次郎としては人目を避けたいところだから、もっと夜が更けてからこっそり、ということが考えられる。

それはたぶん、お勢にも事前に報せていない訪問だったろうと茂七は思った。もし予告してあったなら、お勢がぽつねんとしていたわけがない。口止めされ、近所に言い触らすことはできなかったとしても、恋しい男の初めての訪問なのだから、食い物や酒ぐらいは用意しておきそうなものだ。だが、そんな様子はない。

もうひとつ、権三が耳寄りな話をつかんできた。源兵衛店の近所に、縫物の賃仕事をしている家があるのだが、お勢はそこに、新しい小袖の仕立てを頼んでいたという。

「お渡ししたのは、年明けです」と、そこのお針子は言った。「正月明けの藪入りに間に合わせてくれって、きつく頼まれましたよ。なんでも、言い交わした人がいて、藪入りには一緒にその人のおっかさんに会いに行くんだって。そのとき着る着物だからってね」

その着物のこと、お勢はきっと、頬を染めて音次郎に打ち明けたに違いない。彼はそれをどういう顔で聞いたろう。

「女から逃げようとしてる男としちゃあ、まずいなあ、まずいなあという話でしょうね」と、権三が平べったい顔で言った。「お勢も可哀相な女だ」

「それよりも問題は、お勢のその着物がどこにも見あたらねえってことだな」と、茂七は言った。

源兵衛店の面々、とりわけお勢の隣に暮らしている者たちからは特に念を入れて話を訊いてみたが、誰も、昨夜のうちに怪しげな物音や女の悲鳴、掘割にものが投げ込まれる水音を聞いたという者は出てこなかった。だが、これはまあ、お勢を殺した側も細心の注意をはらっていたことだろうから、期待するほうが甘い。そもそもそんな騒ぎが起こっていれば、そのときすぐに誰かが気づき、お勢の部屋の戸を叩いていたことだろうし。

　住人たちのなかには昼間は留守の家も多い。彼らを待っての調べはひとまず権三に任せることにして、夕暮れの近づく町を、茂七は急ぎ小石川に向かった。養生所に入っている猪助に会うためである。

　急な坂道をのぼりきったところにある門を抜け、番小屋でことの次第を話すと、差配人のほうから話がいっていたらしく、猪助が待っているという。

「ただ、長居は困ります。ここにいるのはみんな病人ですから」と、番人が言う。

「猪助の様子はどうなんです?」

「先生にうかがわないと、私にはわかりません。が、病人に手荒いことをされては困ります」

　養生所は貧乏人にとっては有り難いところだが、岡っ引きに対しては、どうもこんなふうにつっぱらかっているところが厄介だ。俺たちお上の御用をあずかる連中は、病に苦しむ貧乏人たちにとっては仇敵だと思いこまれているらしい、まあ、実際、そういう岡っ引きも多いんだがと思いながら、茂七は教えられた大部屋へ向かった。

猪助は薄い布団の上に起き上がっていた。養生所のお仕着せにつつまれた身体は瘦せこけて、肩のあたりなど骨が浮き出て見えるが、思ったよりもしっかりしている。ここの先生には、あと半月も辛抱すれば家に帰れると言われていると話した。

「お勢の情夫のことは知ってました」と、猪助はしゃがれた声で言った。「差配人さんがときどき見舞ってくれてましたからね。あたしとしちゃあ、お勢が騙されてないことを祈るしかなかったけど、まさかこんなことになるとはね。ひと月前に、ちらっと顔を見たきりになっちまいました」

がっくりと肩を落とし、充血した目をしばたたく。大部屋のほかの病人たちが、見ないふりをしながらも、ときどき、気の毒そうな視線を投げてきた。

「貧乏人は、働いて働いて、一生働くだけで生きていくんだ、特におめえはそのでっかい身体だから、まともな縁はありゃしねえ。自分で稼いでいい暮らしをするんだぞって、あっしはずっと言い聞かせてきたんですよ。それなのにね……」

「お勢だって女だよ」

「女でも、女みたいな夢見ちゃ生きていかれねえ女もいるんですす」

これには、茂七もぐっとつまった。

「音次郎には腹は立たねえのかい？」

「怒ってもしょうがねえ」猪助は口の端をひん曲げて笑った。「お勢はね、あたしが音次郎さんと一緒になれば、おとっつぁんにも少しはいい暮らしをさせてあげられるようになるって言ってたんです。日銭で稼いでいくらの暮らしから抜け出せるってね。たしかに、音次郎ってひとはお店者だ。真面目に勤めてりゃ、その日暮らしのあたしらとは段違いの暮らしのできる人でしょう。お勢が分不相応の夢を見ちまったのも仕方ねえ。あっしはね親分さん、お勢が死ぬときまで、そういう楽しい夢を見ていられたなら、それはそれでいいと思います。ですから、そういうことじゃ、あいつが自分で水へ入ったんじゃなくて、いい夢見たまま殺されたってほうが、ずっと救われる。相手の男のことはどうでもいいんです。もともと、お勢が間違ったんだから」

諦めきったような口調だった。

お勢の葬式の手配は、差配に任せてあるという。明後日のことになりそうなので、その日は一日、ここを出してもらえそうだという。

「今夜は家に戻れねえのかい？」

「今さらそんなことして何になります？　今日帰ろうと明後日帰ろうと、お勢はもう生きかえらねえ」

養生所が帰宅を許さないというより、猪助本人が帰りたがらないのだろうと、茂七は思った。ひとり娘の死に顔を見るよりも、そこから目をそむけていたい。それほどに、猪助は弱っているのだ。

「お勢は稼いで小金を貯めてた」と、茂七は言った。「今、それが見あたらねえ。あんたの今後のために、その金だけでも取り返してやるよ」

茂七の言葉にも、猪助は返事をしてくれなかった。ただ、頭をさげただけだった。

養生所を出て坂道を下りながら、茂七は考えた。もし、猪助が病にかからず、今もふたり一緒に元気で働いていたのなら、お勢もあんな無謀な恋に落ちこんだりはしなかったのではないか、と。父親に倒れられ、ひとり身の心細さ、日銭暮らしの先行きの危うさが急に身にしみた――そんな心の隙に、幸せの幻がすっと忍びこんできたのだ。お勢は音次郎に惚れていたのだろうが、それと同じくらい、お店者の暮らしに憧れていたのかもしれない。醤油を仕入れに行くたび、彼らを目の当たりに見てきたのだからなおさらだ。ああいうひとと一緒になれば、あたしだって毎日足を埃だらけにして歩きまわらなくても済むようになる。雨の日もずぶ濡れにならずに済む。担ぎ売りの男みたいな格好をせずに、手代さんの、いやじきに番頭さんのおかみさんと呼ばれるようになって、肩のてんびん棒の痕も消えるだろう――と。

（お店者の暮らしだって、そういいことばっかりじゃねえよ、お勢）

身体ひとつを頼りに働いて生き抜かねばならないことは、担ぎ売りの暮らしと同じだ。いや、岡っ引きだって似たようなものだ。みんな同じだよ、お勢。

芯から身体が冷えこんだ。坂を下り切ったところに出ていた屋台の蕎麦屋で夕飯を済ませると、とっぷりと日の暮れた道を茂七は足を早めて東へ向かった。もうそろそろ、川崎から音次郎が戻ってもいいころだ。

（もし、逃げたのではないのなら）

逃げたのではなかった。音次郎は野崎屋に帰ってきていた。

四

野崎屋では音次郎のために座敷をひとつ空け、主人が同席して、茂七の来るのを待っていた。一緒に待っていた糸吉はそれに不服そうな顔をしていたが、茂七はかまわないと思った。そもそも、若い手代が仕入れに出入りする担ぎ売りの女に手をつけたというのは、お店の不始末でもある。一緒に油をしぼってやりたいところだ。

音次郎は歳よりも若く見える。身体つきはがっちりして背も高く、お勢が自慢していたとおり、なかなか見栄え(みば)のする男だ。ただ、場合が場合とはいえ、始終きょときょとと動き回っている彼の目は、茂七にはどうにも気に食わないものに見えた。身体のわりに華奢(きゃしゃ)な白い手をしているところも、遊び人ふうな匂いをさせている。

「お勢さんとは、半年ほどの仲になります」

あっさりと、音次郎は認めた。

「ただ、これだけは言っておきたいんですが、誘いをかけたのは私のほうじゃありません。それに私は、最初(はな)からはっきり言っていました。あんたと所帯を持つようなことにはならないよ、とね」

「そのとき限りの仲ってわけかい？」

「そういうこともあるでしょう、男と女には」きっと顔をあげて、音次郎は言った。

「そういう仲になったら、必ず所帯を持たなきゃならないなんて野暮(やぼ)なことは、親分さんだっておっしゃらないでしょう」

それだからこそ、自分はお勢の住まいに出入りしなかったのだ、会うときはいつも茶屋や船宿を使っていた、それも短い時間に――と主張する。

「あんたもお勢も、仕事の合間にぱっぱと逢いびきしてたってわけか」

「そうです」さすがに気がひけたのか、音次郎は主人を横目で盗み見た。「それでも、お店に迷惑をかけるようなことはしていません」

大きく吐息をついて、野崎屋の主人が口を開いた。「それは、音次郎の言うとおりです。これは仕入れのほうの係でして、表へ出なければ仕事になりませんからな。遠出もしますし、時には付き合いで金も使う。だが、手間や金をかけただけのことは必ずしてきました。うちで卸している品は、江戸じゅうでも一二の折り紙つきの上物です。それを、相場の七がけぐらいの値で仕入れている。これはみんな音次郎の手柄です」

主人の口上を聞き流して、茂七は音次郎に訊いた。「さいきん、お勢にはいつ会った」

「去年の暮れです。師走の半ばぐらいでした。勝手口のところで立ち話をしただけだったけれど」

「立ち話？」

音次郎は力をこめて言った。「私はお勢さんと別れようとしていましたからね。私は、お勢さんと深い仲になってすぐに、これは危ない女だと気づいたんですよ。

あれだけ釘をさしておいたのに、所帯を持つ話ばっかり持ち出してきて、何を言っても聞く耳持たない。これじゃあ別れるほかないって思いました。そのことはお勢さんにも話しました。もう会えないとね。だがあのひとは諦めなかった。何度も私を訪ねてきたり呼び出したりしようとした。さすがに、お店で騒ぎを起こすことはしなかったけれど、あまりしつこいので私もほとほと閉口してたんです」

お勢と顔を合わせたくないので、彼女が仕入れにやってくる明け方には、目につくところにいないようにしていた、という。

「まあいい、じゃあ師走の半ばにお勢と会ったとき、あんた、藪入りにはおっかさんのところへ帰るから一緒に行こうなんてことを言わなかったかい？」

音次郎は冷笑した。「私がそんなことを言うわけがないでしょう」

長年の勘で、茂七は、音次郎の言っていることが嘘ばかりであることを悟ったが、面には出さないでおいた。

「あんた、お勢のどこに惚れてた」

突然の問いに、音次郎がひるんだ。「え？」

「惚れたところがあったから深い仲になったんだろう？」

「ええ、そりゃあ」音次郎は言いにくそうに、主人の顔をちらちら見た。

「あのひとはあのとおり、大柄で気性もはっきりしていて、歳も私よりずっと上だし……なんだか、姉さんと一緒にいるような気分になれました。そこですかね、良かったのは。だから、あのひとからすがりつかれるなんて、私は考えてもみませんでした」

とんだ甘ったれ男だ。お勢には男を見る目がなかった。

「昨日一日、どういうふうに過ごしてた。できるだけ細かく話してくれ」

昨日は午過ぎからずっと外へ出ていたと、音次郎は言った。「新年ですから、お得意のところへ顔を見せたり、両替屋へ寄ったり」

ひとつひとつ、場所と、そこにいた大体の時刻をあげてゆく。

「ただ、夕方――そう日の暮れるころですが、四半刻（三十分）ばかり大川端をうろつきまわっていました」

「なんで」

「考えてたんですよ」と、音次郎は腹立たしげに言った。「お勢さんとのことをどうするか。明日は藪入りで、おふくろのとこへ元気な顔を見せに行かないとならない、心配をかけるわけにはいかないと思うと、余計に滅入ってしまってね。あのままお勢さんにつきまとわれたら、私の将来はめちゃくちゃだ」

ずいぶんはっきり言うもんだと、茂七は驚いていた。普通、音次郎のような立場におかれたら、ちょっとでも疑いを抱かれないように、死んだ女に惚れていた自分が殺すはずはないというようなことを口にするものだ。

　してみると、音次郎は本当にお勢を殺していないのか。それとも、女を殺したが、それについてはしらを切り通せる、尻尾を摑まれたりしないと、よほどの自信を持っているのか。

「音次郎は、昨夜、六ツ半（午後七時）にはここへ戻ってきておりました」と、主人が言った。「私のところに『ただいま戻りました』と挨拶に来ましたから間違いありません」

「どうして六ツ半だとわかる」

「私の部屋には水時計があるのです。毎日、私がきちんと手入れして様子を見ていますから、けっして狂うことはありません。昨日、音次郎が戻ってきて、まもなくその時計が六ツ半をしらせました」

　東永代町の源兵衛店にお勢が帰ってきたのが六ツ。そこから御舟蔵前町のこの店まで、男の足で半刻足らずのあいだに帰りつくことができるか。

　ただ行って帰ってくるだけなら、できる。が、音次郎が、源兵衛店でお勢を殺し、裸にむいた死体を掘割に沈めて、それから帰ってきたとなると話は別だ。仮に、彼女が帰ってくるのを待ち受けていてすぐに殺したとしても、あたりをはばかってしなければならないことだし、どれほど急いでも四半刻はかかったとみなければならない。死人から服を剝ぐというのは、案外手間のかかることなのだ。

そうなると、音次郎は残り四半刻でここまで帰ってこなければならなかったということになる。とても無理だ。

茂七は細かいものを見るときのように目をすぼめた。「夜はどうです？」

「夜は、音次郎はずっと私どものところにいました」

主人の言葉に、音次郎もうなずく。

「今日の藪入り、休みの前です。帳簿の突き合わせだのなんだの、細かい仕事が山ほどありました。夜業仕事になるほどでした」

「帰ってきてすぐに皆と湯に行った。外に出たのはそれだけです。あとはずっと、お店のなかにいましたよ。誰にでもいい、訊いてみてください。確かめてくださいよ」

音次郎が言って、まっすぐに茂七を見つめた。

言われるまでもなく、それから夜更けまでかかって、お店じゅうの奉公人たちから裏をとり、茂七は、野崎屋の主人と音次郎の言っていることに間違いがないことを確かめた。

なるほどこれかと、茂七は思った。これだから、野郎はてめえに疑いがかかっても怖くねえんだ。

今日はここまでと、茂七が野崎屋を引き上げるとき、音次郎は勝手口まで送り、床に手をついて挨拶をしてよこした。頭をあげるとき、不愉快だったやりとりを思い出したのか、ちょっとどこかが痛んだかのように顔を歪めた。何が痛いのか知らないが、お勢の死に心が痛んでいるわけではないことだけは確かだと、茂七は思った。

その晩——

一度は家に帰ったものの、茂七はどうにも腹が煮えてしようがなかった。酒も旨くないし、気が立ってしまって眠気もさしてこない。音次郎の小生意気な顔が目の奥でちらちらする。

何かからくりがあるはずだと思う。お勢を殺ったのは野郎だ。だが、それがばれる気遣いはねえと自信を持っている。だからこそのあの言いっぷりだ。

六ツから六ツ半。この時刻は絶対なのだろうか？

立ったり座ったりうろうろしても、何も浮かばない。かみさんは心得たもので、こういうときの茂七にはかまわないで放っておいてくれる。先に寝てしまっているはずだ。

知恵が出なくて腹が立つ。そうしているうちに腹がすいてきてしまった。

ふと、昼間の糸吉の話を思い出したのもそのせいだった。夜っぴて開いている稲荷寿司の屋台か。

出掛けてみるかと、履き物を足につっかけた。頭のなかを入れ替える足しにはならなくても、腹の足しにはなるってもんだ。

五

近くまで来てみると、たしかに、真っ暗な富岡橋のあたりに、明かりがぽつりと灯(とも)っていた。淡い紅色(べにいろ)の明かりだ。稲荷寿司の色に合わせているのだろうか。

実際には、富岡橋のたもとではなかった。橋から北へちょっとあがって右に折れた横町のとっつきだ。それを見て、茂七は思い出した。

つい半年ほど前まで、ここにはよくじいさんの二八(にはち)蕎麦の屋台が出ていた。この屋台もかなり宵っぱりで、閉めるのはいつも、いちばん最後だった。真っ暗闇のなかに明かりがひとつ灯って、蕎麦汁(つゆ)の匂いがする。そういうことが何度かあった。このごろ見かけないのは、河岸(かし)をかえたのかと思っていたのだが……。

（するてえと、この稲荷寿司屋、あのじいさんの身内(みうち)だろうか？）

たいていの稲荷寿司売りは、屋台といっても屋根なしで、粗末な台の上に傘をかかげただけで商いをしているものだ。その場でつくって出すわけでもなく、つくり置きしたものを並べている。

だが、この屋台は違った。ちゃんと板ぶきの屋根つきで、長い腰掛（こしか）けもふたつ並んでいる。台の下で煮炊（にた）きできるようになっているのか、茂七が近づいてゆくと、そのあたりから真っ白な湯気（ゆげ）があがるのが見えた。

ほかに客はいなかった。茂七は、屋台の向こう側にいる、なるほど茂七よりもちょっと年下くらいの、口元がむっつりした親父に声をかけた。

「邪魔するぜ」

親父はちらと目をあげてこちらを見た。右手に長い箸（はし）を持ち、鍋（なべ）のなかをつついている。熱い味噌（みそ）の匂いがたちのぼった。

「稲荷寿司を三つ四つ。それと――なんだね、ここじゃ汁物も出すのかい？」

答えた親父の声は、茂七が思っていたよりもずっと張りがあり、どこか重厚な響きさえあった。

「酒はございませんが、寒い夜ですので、蕪汁（かぶらじる）とすいとん汁がありますが」

すいとん汁は、葛粉（くず こ）を練ってこさえた団子をうどん汁で食べるもの。蕪汁は、旬（しゅん）の蕪を使った味噌汁だ。茂七のかみさんは、これに賽（さい）の目（め）に切った豆腐をいれる。

「蕪汁なら大好物だ。もらおうか」

へい、と低く返事をして、親父は脇からどんぶりを取り上げた。また鍋のふたを開ける。しばらくのあいだその手付きを見守ってから、茂七はゆっくりと言った。

「親父、このへんじゃ見かけない顔だね」

「店開きしたばかりでございますから」

「それにしちゃ遅くまでやってる」

親父は顔をあげ、湯気の向こうで薄い笑みを浮かべた。「私の住まいはこのすぐ近くです。どうせ帰っても独り者ですからすることがない。それなら、できるだけ遅くまで商いしようと」

「寒いだろうに。それに、商いになるかい？　客がいねえだろう」

「いますよ。今夜だって旦那が見えたじゃないですか」

「ひとりふたりじゃあがったりだ」

「昼間も出ておりますから」

へい、お待たせしましたと言いながら、大ぶりのどんぶりに箸をそえたものと、小ぶりの艶のいい稲荷寿司ののった皿が出てきた。

まず、蕪汁をひと口すすり、茂七は思わず「ほう」と声をあげた。

「こいつはうめえ」

茂七が食べつけているものとは違い、ここの蕪汁は、小さい蕪を丸ごと使っていた。蕪の葉を少し散らしてあるだけで、ほかには具が入っていない。味噌は味も濃い色も濃い赤出汁で、独特の、ちょっと焦げ臭いような風味があったが、淡泊な蕪の味に、それがよく合っていた。

「かかあがこさえるのとは違うな。こいつはあんたの故郷のやりかたかい？」

親父は微笑した。「見よう見まねで」

「そうかい、浜町あたりの料亭でも、なかなかこれだけのものは食わせねえよ」

稲荷寿司も、下手な屋台で売っている醬油で煮しめた油揚げに冷や飯を包んだような代物ではなく、ほんのり甘みのある味付けに、固めに炊いた飯の酢がつんときいている。たちまち四つ平らげて、茂七はかわりを頼んだ。

「以前、ここにはじいさんの二八蕎麦屋が出ていた。あんた知ってるかい？」

「存じています」台の下の七輪から炭火をいくつか拾いだし別の火鉢に移しながら、親父が答えた。「私はあの蕎麦屋からここの場所を譲ってもらったんでして」

「へえ」そうだったのか。「で、じいさんは」

「多少、身体がきかなくなったとかで、材木町のほうで隠居しているそうですよ」

「そんな優雅な暮らしができるのは、あんたがこの場所を高く買ってやったからかな」

親父はお愛想にほほえんだが、口は開かなかった。

「梶屋の連中とはどう話をつけたね」

親父は動じなかった。「みなさんと同じように」

「ふっかけられたろう」

「そうでもございませんよ」

落ち着いた物腰（ものごし）、話しかた。この親父、もともと、末は屋台の親父になります、それであがりですというような生まれではないようだ。おかわりの稲荷寿司を口に放りこみながら、茂七は考えた。

この親父の、ほんの少し、右肩が上がり気味の姿勢。

（これは――）

つと目をやると、明かりに照らされた親父の頭の月代（さかやき）の、肌のきめが粗いことにも気がついた。

「親父、あんた、もとはお武家さんだね」

茂七がそう言ったとき、それまでなにがしかやることを見つけて手を動かしていた親父が、ぴたりと止まった。

「いや、いいんだ、詮索（せんさく）しようというわけじゃねえ」茂七は急いで、そして笑顔をつくって言った。

「なぜおわかりですか」

静かに、親父は問い返してきた。

「二本差しをつづけてたお侍さんは、どうしても右の肩が上がり気味になるんだよ。それとあんたの頭。その月代な。毛穴の痕が見える。素っ町人なら、よほどの長患いでもしたあとでないとそんなふうにはならねえ。ずっと剃ってるからな。だがあんたの頭は、しばらく月代を剃らずにいて、久しぶりに剃刀をあててまだふた月ばかりですってなふうに見える。つまり、あんたは浪人なすってた。で、刀を捨てて町人になった。違うかい？」

親父は手をあげて月代をさすった。感心したような顔をしている。「おっしゃるとおりですよ、旦那」

「早くつるつるに戻したかったら、糠袋でこするといい」

「やってみましょう」

ごくおとなしく、折り目正しい親父であった。だから茂七も、今夜はそれ以上突っこんで訊くことはやめた。

おいおい、この親父についてわかってくることも多いだろう。もとは侍で、梶屋の勝蔵が小便ちびりそうな顔をするような男。そんな男が、どうして稲荷寿司の屋台なぞ出しているのか。

（これは探り甲斐がありそうだ）

寒風をついて出てきてよかった。それに、実に旨い寿司と蕪汁だ。

「汁物のおかわりもほしいんだが」笑顔で、茂七は言った。「そっちのすいとんも旨そうだ。でも、蕪汁のこの味噌味はおつだねえ。どっちにしようかね」

「この味噌味がお好みなら、蕪の代わりにすいとんを落としてお出ししましょうか」

「そんなことができるのかい？　いいねえ」

親父はどんぶりに蕪汁の味噌汁だけすくい、そこにやわらかいすいとんをいくつか落とした。ついで、蕪汁のなかから蕪の葉だけつまみだし、飾りにのせる。

どんぶりを手に、茂七は嬉しくなった。

「こいつは旨い。俺はすいとんが好きでね。どうかすると、米の飯より好きなくらいだ」

熱い汁をすすり、はふはふ言いながらすいとんを口に運ぶ。

「しかし、こういうのも面白い。うどん出汁じゃなくて、味噌仕立てのすいとんか。けど、ぱっと見た限りじゃ、これも蕪汁に見えるな」

「丸い白いものが浮いてるだけですからね」と、親父も言った。「味わってみないと、蕪に見えるかもしれません。たいていの人は、すいとんはうどん出汁のなかに浮いてるものと思っているから」

「そうだな。外見（そとみ）でそう決めちまうだろうな」

そう言ったとき、茂七の頭のなかで、何かがはじけた。

外見で決めてしまう。すいとんはうどん出汁。味噌のなかに浮いているなら蕪だと。

茂七は、あんぐりと口を開けた。

朝いちばんで、茂七は権三と糸吉を連れ、野崎屋に走った。

「いいか、音次郎がはむかってきたら、押さえ付けてでもひんむいちまえ」

「合点（がってん）です」

朝の早い醤油問屋でも、起き抜けのこの訪問には驚いたらしい。主人が目をむいて出てきた。

「何事でございます、親分」

「ちょいと音次郎に会わせておくんな」

当の音次郎も、洗いたての顔をいぶかしげに歪めて、いかにも迷惑そうに出てきた。

「座敷にあがることはねえ。ここでいいんだ」勝手口のあがりかまちのところで、茂七は音次郎を手招きした。「これが済んだら、もうおめえには迷惑はかけないよ。ちょっとのことだ」

「なんです？」

「着物の襟をめくって、右肩を見せておくんな。昨日、おめえ、ここで俺を見送るとき、どこかが痛いような顔をしてたよな。あのときは気にならなかったんだが、昨夜稲荷寿司食ったら気になってきてな」

妙な申し出だと目をぱちくりしている主人のそばで、音次郎は目に見えて青ざめた。あとで糸吉が、「顔から血の気の引く音が聞こえたようでしたよ」と言ったくらいだ。

音次郎はためらった。言い抜けしようとしたのだろう。が、糸吉のほうが早かった。「ごめんよ」と言うが早いか音次郎の背中にまわり、着物の襟に手をかけた。

それで音次郎の分別の糸が切れた。彼は泡を食って逃げ出そうとした。そうなれば牛の権三の出番だ。この男は、ただ鈍重だから牛と呼ばれているだけでなく、捕り物となったら下手人を押し潰してでも逃がさないだけの体重をもっているのである。

茂七は、音次郎の洒落た縞の着物をひんむいた。右肩の白い肌の上に、細長く擦りむけたような赤い痣がくっきりと残っている。

「これをごらん、野崎屋さんよ」と、茂七は言った。「音次郎、ご苦労だったな。てんびん棒担ぎで、肩の皮が擦りむけたか。てめえも、少しは力仕事に慣れておけば、ここぞってときにこんなことにはならなかったのにな」

茂七が考えた絵解きは、ごく単純なものだった。

「お勢はあの日の夕方、たぶん六ツよりは少し前に、音次郎にどこかの船宿に呼び出され、そこで殺されたんだ。大川へつながる掘割に面した、ひと目につかない船宿、金をつかませれば、多少の怪しいことには目をつぶってくれる船宿だ。音次郎が吐かなくても、探せば、そう手間もくわずに見つかるだろう」

お勢はそこで、背後から音次郎に腕で首を絞められて殺された。こういうやりかただと、絞めた痕が残らない。

そして、裸にむかれた。音次郎は、船宿の近くでお勢の裸の死体を川に捨て、それからお勢の着物を着、商い道具を担いで源兵衛店に行った――

「音次郎がお勢の格好をして？」

「そうさ。そのために裸にしたんだ」

「じゃ、向かいの師匠が六ツに見かけたのはお勢じゃなくて……」

「音次郎だったんだよ。お勢は大女だった。音次郎がお勢の格好をしても、遠目じゃあわかるまい。しかも、醤油売りは独特の格好をして、頭には頭巾までかぶる。男髷(おとこまげ)と女髷(おんなまげ)の違いを隠すことができる。見掛けたほうは『あ、醤油売りだ』と思うし、そういう醤油売りがお勢の部屋の戸口を開けて入ってゆくところを見たら、『ああお勢ちゃんが帰ってきた』と思っちまう」

たとえそれがすいとんであっても、味噌汁のなかに浮かんでいたら、食べずに見ているだけの者は、「ああ、蕪だな」と思いこんでしまう。それと同じだ。

「危ない橋だが、渡る甲斐はあった。もともと、お勢の貯めた小金を持ち出すためにはお勢の部屋をあさる必要があった。なにより、これがうまくいけば、音次郎は、羽でも生えてねえ限り、自分には、お勢を殺して四半刻以内に野崎屋に帰ることはできないと言い張ることができる。お勢の商いのなりをしているとき、源兵衛店の誰かと、まともに顔を合わせないように気をつけていればいいんだ。そんなに難しいことじゃねえ。こんなふうに寒い時季だ。あっちこっちで戸口や窓が開いてるわけもねえ。かみさんたちも、さすがに寒くて井戸端の長話もしねえだろう」

そうして、ただひとり、いつもお勢と前後して六ツの鐘が鳴るころに源兵衛店に帰ってくる新内節の師匠だけに、お勢のいでたちを見せておきさえすればいい。

「音次郎にとっては、あの師匠に、醤油売りのいでたちを見せることが肝(きも)だった。そして、それもうまくいった」

あとは素早く着替え、お勢の部屋をあさって金を奪い、野崎屋へと走るだけだ。着替えはあらかじめ、樽のなかへ隠して持っていったのだろう。

「え？　だけどそれじゃ、着替えが醤油で濡れちまうでしょうが」

糸吉は驚いた声を出したが、茂七は笑った。「あの野郎が、醤油でいっぱいの樽を担いで、殺しのあった船宿から源兵衛店まで行けるわけがねえ。お勢の死体を捨てるときに、一緒に醤油も川へ流しちまったとさ」

権三が呆れた。「なんだ、じゃあ野郎は空の樽ふたつ担いだだけで、肩に痣をこさえたんですか」

「まあ、お店者のなかにはそういうのもいるさ。力仕事には向いてねえのよ」

お調べに、音次郎は泣いて白状し、川崎の母親にだけはこのことを報せないでくれと頼んだという。

「私が一人前の商人になることだけが、おっかさんの楽しみだったんですから」

お勢が仕立てた着物も、金と一緒に盗んだ。着物のほうは、川崎に帰ったとき、同じように藪入りで宿下がりしてきていた幼馴染みの娘にくれてやったという。

今度のことを思いつくのに、それほど頭は使わなかったという。お勢は、音次郎が何も訊かなくても勝手に自分の暮らしぶりのことをしゃべって喜んでいたので、新内節の師匠のことや、お勢の暮らしの大体の時間割については、以前から知っていたという。

「だけど、藪入りのとき私についてて私のおっかさんに会いにゆく、嫁として挨拶するんだなんて、お勢があんなことを言い出しさえしなければ、私もこんなことはしませんでした。おっかさんには、死んでもお勢を会わせるわけにはいかなかった。あんな女が私の嫁になるだなんて、おっかさんの夢を壊してしまいます」

音次郎の話を聞いて、茂七はふと、古い句を思い出した。

――藪入りや母に言わねばならぬこと

お勢殺しが片付いたあと、茂七は、今度はかみさんを連れて、またあの屋台を訪ねた。最初のときよりは早い時刻だったのだが、驚いたことに長い腰掛けはふたつともいっぱいだった。茂七とかみさんは、立ったまま稲荷寿司にかぶりつき、熱い蕪汁をすすった。蕪が旬のあいだは、椀物(わんもの)にはずっとこれを出すというから楽しみだ。

それにもうひとつ、この親父の正体を探るという楽しみもある。

(まあ、のんびりやるさ)

蕪汁をすすりながら、茂七は心のなかで独(ひと)りごちた。

解説

細谷正充

二〇一七年十一月から翌一八年三月にかけて、PHP文芸文庫で三冊のアンソロジーを刊行した。『あやかし〈妖怪〉時代小説傑作選』『なぞとき〈捕物〉時代小説傑作選』『なさけ〈人情〉時代小説傑作選』だ。ちなみに三冊には、共通のコンセプトがある。作家はすべて女性。そして特定のテーマを決めて、作品をセレクトしたのだ。各作品の素晴らしさがあってのことだが、アンソロジーはどれも好評であり、すぐに第二弾を出版しようということになった。もちろん今回も三冊だ。そのトップを切るのが本書『まんぷく〈料理〉時代小説傑作選』である。タイトルから分かるように、テーマは料理。近年、料理人や料理屋を題材にした作品は多く、作品の選定には嬉しい悲鳴を上げた。吟味熟考し、読みごたえのある物語を選んだつもりだ。どうか各作品を、楽しんでいただきたい。

「餡子は甘いか」畠中 恵

冒頭を飾るのは、畠中恵の「しゃばけ」シリーズの一篇である。廻船問屋兼薬種問屋「長崎屋」の病弱な若だんな・一太郎。妖怪だった祖母の血を引く彼は、幼い頃から自分を守ってくれる妖怪たちと共に、さまざまな騒動にかかわる。というのがシリーズのフォーマットなのだが、本作の主役は、一太郎の親友で幼馴染でもある菓子職人を目指す栄吉だ。小さな菓子司の家に生まれた栄吉だが、菓子作りの才能に乏しい。今は大きな菓子司「安野屋」で修業しているが、下働きに追われている。そんなとき、「安野屋」に入った泥棒の八助が、才能を見込まれて雇われた。器用な八助にコンプレックスを募らせる栄吉は、ついに菓子職人の道を諦めようとするのだが……。

菓子職人になりたいのに、壊滅的に餡子作りが下手。脇役で登場するときは、笑える設定だが、本作を読めば、そんな思いも吹っ飛んでしまう。才能を持つ者に対する、持たざる者の心中は深刻なのだ。しかし作者は後半の展開で、才能の乏しき者の道を、温かく指し示す。けして甘くはないが、気持ちのいい作品だ。

また、八助のキャラクターも秀逸。私は今まで、乗り越えるだけの能力があるのに、困難にぶつかると逃げる人を何人か見てきた。別の場所に行っても、やっていけるだけの才能があるからだ。だから楽な方に逃げてしまう。そうして消えていった何人かの人と同じ匂いを、八助から感じた。作者の鋭い人間観察があったからこそ、このようなキャラクターが生まれたのだろう。

「鮎売り」坂井希久子

神田花房町にある居酒屋「ぜんや」の美人女将・お妙と、その周囲の人々が織りなす人情ドラマは、今や坂井希久子の看板シリーズになっている。その中から、日常スケッチともいうべき本作を選んだ。箸休め的な内容というなかれ。これが実にいいのだ。

買い出しで魚河岸に行ったお妙は、売り物の鮎が傷ついて困っていた娘を助けた。これを見聞きしていた魚河岸の男たちが「ぜんや」に押し寄せる。しかしお妙を侮り、ちょっかいをかけてきた客もいた。そこに店の常連の林只次郎が現れる。

女ひとりで居酒屋を切り盛りしていれば、嫌なことだってある。また、お妙が助けた鮎売りの娘も、辛い暮らしをしているようだ。とはいえ、今の境遇から娘を救う力は、お妙にない。作者は現実の厳しさから、目を背けないのだ。だからこそ、「ぜんや」の小さな温もりに惹かれる。美味しい鮎粥まで出てきて、幸せな気持ちになる。読者という立場で、「ぜんや」の一員になれたことが、たまらなく嬉しいのだ。

「料理茶屋の女」青木祐子

NHKでドラマ化された「これは経費で落ちません!」シリーズが絶好調の青木祐子に、時代小説があることは、あまり知られていない。二〇一三年に富士見新時代小説文庫から刊行された『朧月夜の怪　薬師・守屋人情帖』だ。

物語の主人公は薬師の守屋真。江戸の片隅で、細々と暮らしているが、なにかと騒動に巻き込まれる。また、職業意識で自らかかわることもある。本作の場合は、自らかかわったといえるだろう。料理茶屋を訪れた真。煮豆が旨いと聞いてきたと、店で働くお蘭という女にいう。だが、真の目的は他にあった。お蘭を相手に、ある殺人事件の話をするのだった。

ちょっとした回想シーンを除けば、場面は料理茶屋の座敷に限定。真とお蘭の会話で進行する。まるで芝居の一幕物だ。それなのにストーリーは二転三転し、殺人事件の意外な真実に到達する。煮豆の使い方も巧みだ。短い作品だが、切れ味は抜群である。

「桜餅は芝居小屋で」中島久枝

フードライターとして活躍していた中島久枝は、ポプラ社小説新人賞特別賞を受賞した『日乃出が走る――浜風屋菓子話』から、食べ物を題材にした時代小説を書き続けている。「日本橋牡丹堂 菓子ばなし」シリーズもそうだ。鎌倉のはずれの海辺の村で暮らしていた小萩は、江戸の菓子に魅了され、一年だけの約束で、日本橋にある遠縁の菓子屋「二十一屋」――通称「牡丹堂」で働いている。不器用だが一所懸命な小萩は、菓子のことだけではなく、世の中のことについても学んでいく。

本作は、シリーズの最初の一篇だ。いろいろなものを背負った「牡丹堂」の人々が、手際よく紹介されている。そして「牡丹堂」と縁の深い呉服・太物屋「川上屋」の騒動が、ストーリーを彩る。「牡丹堂」で過ごす日々は、なにかと刺激的だ。そこで自分の道を見つけようとしている小萩を、応援せずにはいられない。

さらに、デザートとしての菓子は、単に美味しいだけでなく、料理とのマリアージュまで考えなければならない。そのような菓子の知識が得られるのも、本作の美質なのである。

「清正の人参」梶よう子

本作は、小石川御薬園同心の水上草介を主人公にした、シリーズの一篇である。相変わらず草介が草木を観察している御薬園に、阿蘭陀通詞の野口伊作がやって来る。二年後の阿蘭陀商館長の江戸参府に備えてのことだそうだ。西洋贔屓で癖のある伊作に、引っ張りまわされる草介。だが伊作が倒れたことで、彼はある料理を作るのだった。

その料理に使われるのが、御薬園で育てていたせるでらい（セロリ）なのである。ヨーロッパが原産だというセロリは、いつ頃、日本に入ってきたのか。なんとなく明治以降だと思っていたから、本作を読んで驚いた。戦国時代、朝鮮出兵した加藤清正が持ち帰ったというのだ。そのことから清正人参と呼ばれていたらしい。ひとつ利口になった。

もちろんトリビア的な面白さだけでなく、セロリの存在そのものが、ストーリーと密接に関係している。日本と西洋の狭間を生きる伊作を、セロリが優しく癒すのだ。もし日常でストレスを感じることがあったら、この料理を作って食べたいものである。

「お勢殺し」宮部みゆき

ラストは、やはりこの作家だ。そして料理とくれば、回向院の旦那と呼ばれる岡っ引きの茂七を主人公にした捕物帖『〈完本〉初ものがたり』である。本作は、その最初の話だ。担ぎの醤油売りをしていたお勢という女が、全裸の土左衛門となって発見される。どうやら殺されたらしい。すぐさま怪しい人物を見つけた茂七だが、その男にはアリバイがあった。

というストーリーと並行して、深川富岡橋の近くに現れた、稲荷寿司の屋台の親父の謎も描かれていく。様子見で屋台を訪れた茂七は、稲荷と一緒に頼んだ蕪汁をヒントに、事件の真相に迫るのだった。この展開が巧い。蕪汁も旨い。周知の事実だが、『〈完本〉初ものがたり』に収録されている短篇は、すべて料理や食べ物が物語と関係している。その趣向の魅力は、本作でも遺憾なく発揮されていたのだ。

さらに茂七の探索を通じて、切ない人生を歩んだ、お勢の悲しみも浮かび上がってくる。この作品は何度も読んでいるが、多くの読みどころに、また舌鼓を打ってしまった。

以上六作、存分に味わっていただけたろうか。料理人は、すべて一流。手によりをかけた逸品料理のフルコースで、読者の心が〝まんぷく〟になることを確信しているのである。

（文芸評論家）

出典

「餡子は甘いか」（畠中 恵『いっちばん』所収　新潮文庫）
「鮎売り」（坂井希久子『ふんわり穴子天 居酒屋ぜんや』所収　ハルキ文庫〈時代小説文庫〉）
「料理茶屋の女」（青木祐子『朧月夜の怪 薬師・守屋人情帖』所収　富士見新時代小説文庫）
「桜餅は芝居小屋で」（中島久枝『いつかの花　日本橋牡丹堂 菓子ばなし』所収　光文社文庫）
「清正の人参」（梶よう子『桃のひこばえ　御薬園同心 水上草介』所収　集英社文庫）
「お勢殺し」（宮部みゆき『〈完本〉初ものがたり』所収　ＰＨＰ文芸文庫）

本書は、ＰＨＰ文芸文庫のオリジナル編集です。

著者紹介

畠中 恵（はたけなか　めぐみ）
高知県生まれ。名古屋造形芸術短期大学卒。2001年、『しゃばけ』で日本ファンタジーノベル大賞優秀賞、16年、「しゃばけ」シリーズで第1回吉川英治文庫賞を受賞。著書に、『まことの華姫』『うずら大名』、「若様組」「つくもがみ」「まんまこと」シリーズなどがある。

坂井希久子（さかい　きくこ）
1997年、和歌山県生まれ。同志社女子大学学芸学部卒。2008年、「虫のいどころ」（「男と女の腹の蟲」を改題）でオール讀物新人賞、17年、『ほかほか蕗ご飯 居酒屋ぜんや』で髙田郁賞および歴史時代作家クラブ賞新人賞を受賞。著書に、『愛と追憶の泥濘』『妻の終活』などがある。

青木祐子（あおき　ゆうこ）
長野県出身。「ぼくのズーマー」で2002年度ノベル大賞を受賞。著書に、『幸せ戦争』『嘘つき女さくらちゃんの告白』『派遣社員あすみの家計簿』、「これは経費で落ちません！～経理部の森若さん～」シリーズなどがある。

中島久枝（なかしま　ひさえ）
東京都生まれ。学習院大学文学部卒。2013年、『日乃出が走る浜風屋菓子話』でポプラ社小説新人賞特別賞、「日本橋牡丹堂 菓子ばなし」「一膳めし屋丸九」で日本歴史時代作家協会賞文庫書き下ろしシリーズ賞を受賞。著書に、『金メダルのケーキ』、「湯島天神坂 お宿如月庵へようこそ」シリーズなどがある。

梶よう子（かじ　ようこ）
東京都生まれ。2005年、「い草の花」で九州さが大衆文学賞大賞、08年、「一朝の夢」で松本清張賞、16年、『ヨイ豊』で歴史時代作家クラブ賞作品賞を受賞。著書に、『北斎まんだら』『墨の香』『とむらい屋颯太』、「朝顔同心」「みとや・お瑛仕入帖」シリーズなどがある。

宮部みゆき（みやべ　みゆき）
1960年、東京都生まれ。87年、オール讀物推理小説新人賞を受賞してデビュー。92年、『本所深川ふしぎ草紙』で吉川英治文学新人賞、93年、『火車』で山本周五郎賞、99年、『理由』で直木賞、2002年、『模倣犯』で司馬遼太郎賞、07年、『名もなき毒』で吉川英治文学賞を受賞。著書に、『桜ほうさら』『〈完本〉初ものがたり』、「三島屋」「杉村三郎」シリーズなどがある。

編者紹介

細谷正充（ほそや　まさみつ）

文芸評論家。1963年生まれ。時代小説、ミステリーなどのエンターテインメントを対象に、評論・執筆に携わる。主な著書・編著書に、『歴史・時代小説の快楽 読まなきゃ死ねない全100作ガイド』『あやかし〈妖怪〉時代小説傑作選』『あなたの不幸は蜜の味 イヤミス傑作選』『光秀 歴史小説傑作選』などがある。

PHP文芸文庫　まんぷく
〈料理〉時代小説傑作選

2020年1月23日　第1版第1刷

著　者　畠中　恵　坂井希久子
青木祐子　中島久枝
梶よう子　宮部みゆき
編　者　細谷正充
発行者　後藤淳一
発行所　株式会社ＰＨＰ研究所
東京本部　〒135-8137 江東区豊洲5-6-52
第三制作部文藝課　☎03-3520-9620(編集)
普及部　☎03-3520-9630(販売)
京都本部　〒601-8411 京都市南区西九条北ノ内町11
PHP INTERFACE　https://www.php.co.jp/
組　版　朝日メディアインターナショナル株式会社
印刷所　図書印刷株式会社
製本所　東京美術紙工協業組合

ISBN978-4-569-76989-9

PHP文芸文庫

あやかし

〈妖怪〉時代小説傑作選

宮部みゆき、畠中 恵、木内 昇、霜島ケイ、小松エメル、折口真喜子 共著／細谷正充 編

いま大人気の女性時代小説家による、アンソロジー第一弾。妖怪、物の怪、幽霊などが登場する、妖しい魅力に満ちた傑作短編集。

定価 本体八二〇円（税別）

PHP文芸文庫

なぞとき

〈捕物〉時代小説傑作選

宮部みゆき、和田はつ子、梶よう子、浮穴みみ、澤田瞳子、中島要 共著／細谷正充 編

いま大人気の女性時代作家による、アンソロジー第二弾。親子の切ない秘密や江戸の料理にまつわる謎を解く、時代小説ミステリ傑作選。

定価 本体八〇〇円（税別）

PHP文芸文庫

なさけ

〈人情〉時代小説傑作選

宮部みゆき、西條奈加、坂井希久子、志川節子、田牧大和、村木嵐 共著／細谷正充 編

いま大人気の女性時代作家による、アンソロジー第三弾。親子や夫婦の絆や、市井に生きる人々の悲喜こもごもを描いた時代小説傑作選。

定価 本体七〇〇円（税別）

PHP文芸文庫

桜ほうさら（上・下）

宮部みゆき 著

父の汚名を晴らすため江戸に住む笙之介の前に、桜の精のような少女が現れ……。人生のせつなさ、長屋の人々の温かさが心に沁みる物語。

定価 本体各七四〇円（税別）